MW01717024

UNAUSWEICHLICHES VERLANGEN

EIN SECOND CHANCE - LIEBESROMAN (MILLIARDÄRSLEIDENSCHAFT 2)

JESSICA F.

INHALT

ISBN: 978-1-63970-189-6

❀ Erstellt mit Vellum

KLAPPENTEXT

Was kann ich über Cade Lowell sagen?

Ich kann sagen, dass er arrogant und dominant ist und daran gewöhnt, dass alles nach seinem Kopf geht.

Ich muss auch sagen, dass er höllisch heiß ist und dass sich seit der Trennung in der Highschool absolut nichts geändert hat – er macht mich genauso atemlos und frustriert mich noch genau wie damals, als er der Einzige war, der mich je berührt hatte.

Er war nur ein Junge, als ich ihn das letzte Mal sah, aber nun, da ich nach White Pines zurückkehre, um mich mit dem Haus meiner verstorbenen Großmutter zu befassen, merke ich, dass er jetzt ein ganzer Mann ist!

Ich fühle mich elektrisch geladen, wenn ich in seiner Nähe bin, und ich merke gleich, dass er mich auch will, aber Liebe besteht aus mehr als nur Verlangen.

Wird er jemals aufhören so arrogant zu sein und verstehen, dass ich bei gewissen Dingen auch gern mitreden will?

1

Mara

Es war noch hell, als ich das Haus meiner jüngsten Schwester in Illinois verließ. Sie hatte sich von mir verabschiedet, aber Chloe war nicht fähig gewesen, ihre Augen von Alex Reed abzuwenden, der dagestanden und ausgesehen hatte, als würde ihm alles leidtun und er sich danach sehnen, es wiedergutzumachen.

Sie sind wirklich niedlich zusammen, dachte ich amüsiert. Auch wenn Alex mir altersmäßig näher war als meiner Schwester, konnte ich nicht anders, als sie beide mit den Augen einer Schwester anzusehen. *Wirklich, all der Ärger wegen einer kleinen Romanze.*

Trotz meiner Belustigung freute ich mich für meine weltfremde kleine Chloe. Alex würde ihr Halt geben, und sie würde ihm vielleicht helfen, diesen Stock aus dem wohlerzogenen, reichen Jungen zu ziehen. Er war während unserer Fahrt von White Pines nach Elgin fast zu ruhig gewesen, so grimmig und entschlossen, bei Chloe alles wieder gutzumachen, dass ich dachte, ihm würde eine Ader platzen. Alles, was er wollte, war Chloes Adresse, damit er zu ihr fahren konnte, aber ich hatte sie ihm nicht gegeben. Auf keinen Fall.

Nein, nicht, wenn sie nicht weiß, dass du kommst und sich eventuell nicht freut, dich zu sehen. Ich fahre, oder du erfährst nichts von mir.

Alex Reed hatte mindestens einen Bruder, also sollte er wissen, wie es ist, jemanden frustrierend zu finden und denjenigen dennoch beschützen zu wollen. Jetzt bin ich hier, überlasse meine Schwester ihrem Happy End und fahre wieder nach Norden, nach White Pines.

Shannon, die mittlere von uns Becker-Schwestern, wartete wahrscheinlich auf mich, und ich zuckte bei dem Gedanken ein wenig zusammen. Wir mussten noch darüber sprechen, was wir mit dem Haus unserer Großmutter machen wollten, und das war kein Gespräch, auf das wir uns freuten. Chloe hatte gesagt, sie würde sich dem anschließen, was Shannon und ich beschlossen, und ich konnte mich nur mit Mühe davon abhalten, meine Augen zu rollen. Natürlich hielt Chloe sich aus den schwierigen Entscheidungen heraus und ging mit einem reichen, gutaussehenden Arzt nach Hause. Das war von Chloe zu erwarten gewesen.

Ich hatte gehofft, um acht oder neun in White Pines zu sein, aber als sich der Himmel verdunkelte und große klumpige Schneeflocken zu fallen begannen, verwarf ich diesen Gedanken und schob die Uhrzeit meiner Ankunft weiter nach hinten. Mein Auto, ein kräftiger und älterer Mercedes, fuhr gut in der Kälte und dem Schnee, aber der Schnee fiel immer dichter. Ich sah andere Autos, die die Ausfahrten nahmen und der Verkehr wurde immer weniger, aber ich fuhr weiter.

Es wird gutgehen. Ich fahre langsam ...

Dieses Mantra hielt ich tatsächlich für fast vier Stunden Fahrt in dem undurchdringlichen Weiß aufrecht. Ich fuhr langsam, aber stetig und starrte so angestrengt in die wirbelnde weiße Leere vor mir, dass ich das Gefühl hatte, dass meine Augen austrockneten. Die Zeit nahm ein eigentümlich elastisches Ausmaß an. Ich fühlte mich, als wäre ich schon seit einer Ewigkeit unterwegs. Es fühlte sich an, als würde ich nie in White Pines ankommen. Doch dann, Wunder oh Wunder, sah ich ein Schild, das besagte, dass ich nur noch zwanzig Meilen von der Stadtgrenze entfernt war.

„Oh Gott sei Dank", murmelte ich.

Später konnte ich nicht mehr sagen, ob es die Erleichterung angesichts dieser Aussicht war, die das verursachte, was als Nächstes passierte, oder ob es nur eine seltsame Wendung des Schicksals war. Ich konzentrierte mich auf die Straße, und es sah tatsächlich so aus, als ob das Wetter besser werden würde, und dann stand plötzlich ein Reh mitten auf der Straße.

Als es geschah, fühlte es sich an, als ob die Zeit stillstand. Es fühlte sich an, als hätte ich alle Zeit der Welt, um das Reh zu betrachten: seine dunklen Augen, seine spindeldürren Beine, die Rundung seines Körpers. All dies sah ich, als ich das Lenkrad mit einem Schrei des Entsetzens zur Seite riss. Das Reh schien bis zum letzten Augenblick zu warten, um aus dem Weg zu gehen, und als ich sah, dass ich ihm ausgewichen war, versuchte ich, das Auto wieder auf die Straße zu bringen.

Mit einem Gefühl der Unvermeidlichkeit spürte ich, wie sich die Reifen unter mir drehten, als das Auto sich drehte und geradewegs in den Graben rutschte. Ich prallte hart gegen meinen Sicherheitsgurt, und für einen Moment wurde alles dunkel.

Als nächstes vernahm ich ein hektisches Klopfen am Fenster, und ich konnte rote Lichter in einiger Entfernung blinkten sehen.

Oh Gott, sind das die Bullen?

Ich beeilte mich, das Fenster einen Zentimeter hinunterzudrehen. Nun sah ich den Mann im dunklen Wollmantel auf der anderen Seite, den Schal hochgezogen, um sein Gesicht zu schützen, und eine Strickmütze über seinen Ohren.

„Sind Sie in Ordnung?“, fragte er. „Ich habe Ihr Auto im Graben gesehen.“

Mein erster Instinkt war ihm zu sagen, dass ich natürlich in Ordnung war, aber stattdessen nahm ich mir einen Moment Zeit, um in mich hineinzulauschen. Mir tat einiges weh, aber es gab nichts, was ich nicht bewegen konnte. Mir war nicht schwindelig, ich war wahrscheinlich einfach vor Schock ohnmächtig geworden, nicht von den Auswirkungen des Unfalls.

„Ich glaube, es geht mir gut“, sagte ich, und der Mann nickte.

„Gut. Stellen Sie Ihr Auto aus. Ich helfe Ihnen, zu meinem zu kommen.“

Ich stellte den Motor ab, und kam mir dabei vor, als hätte ich gerade den Stecker aus der Lebenserhaltung meines geliebten alten Autos gezogen. Der Gedanke machte mich auf seltsame Art schwindelig, aber ich schob ihn beiseite und schaute stattdessen zu dem Mann auf der anderen Seite der Tür.

„Sind Sie ein Polizist?“, fragte ich.

„Tut mir leid, nein“, sagte er. „Aber kommen Sie, ich nehme Sie zumindest mit nach White Pines.“

Ich debattierte eine Minute lang mit mir und zuckte dann mit den Achseln. Der Wind heulte um das Auto, jetzt, da es aus war, kühlte es sich schnell ab, und der Gedanke, darauf zu warten, dass endlich ein Polizist auftauchte, behagte mir nicht sonderlich.

„Gut, nur ... bitte seien Sie kein Serienmörder oder irgendetwas ähnliches, in Ordnung?“

Er lachte und ich war überrascht, wie sehr ich den Klang seines Lachens mochte. Als ich die Tür öffnete, hielt er mich in dem gefrorenen Unkraut am Straßenrand fest. Ich schaute auf mein Auto, das wie ein verwundetes Tier im Graben lag, und seufzte. Aber ich konnte deshalb jetzt nichts unternehmen. Ich folgte ihm zu seinem Auto, das mit eingeschalteten Warnblinkern am Straßenrand stand, und bevor ich einstieg, holte ich mein Handy heraus und machte trotzig ein Foto von seinem Nummernschild.

„Wozu das?", fragte mein Retter, als er ins Auto stieg. Zu meiner Erleichterung war es warm, und ich konzentrierte mich darauf, wieder Leben in meine Fingerspitzen zu bringen. Selbst diese kurze Zeit draußen hatte sie ein wenig taub werden lassen.

„Ich schicke das Bild an meine Schwester, um sicherzustellen, dass Sie mich tatsächlich nach White Pines bringen", sagte ich und schenkte ihm ein breites Grinsen. Ich forderte ihn geradezu heraus etwas gegen meine Vorsorgemaßnahme zu sagen. Wie ein Mann darauf reagierte, wenn eine Frau etwas so Schlichtes tat, wie sich um ihre eigene Sicherheit zu kümmern, war immer aufschlussreich. Einige Männer verstanden es, andere wurden wütend. Dieser lachte.

„Nun, du hast dich nicht ein bisschen verändert, nicht wahr, Mara?", fragte er. „Noch immer das gleiche misstrauische Mädchen mit den leuchtend grünen Augen."

Ich spürte, wie mir ein Schauer die die Wirbelsäule hinablief, als mir alle möglichen Erklärungen für seine Worte durch den Kopf jagten. Meine Hand lag auf dem Türgriff, als er das Auto in Bewegung setzte und sich vom Straßenrand entfernte. Wenn er sich nur ein bisschen langsamer bewegt hätte, hätte ich meine Chance genutzt und wäre vielleicht in den Schneesturm gesprungen.

„Wer zum Teufel bist du?“, wollte ich wissen und fühlte mich in die Defensive gedrängt – natürlich war ich misstrauisch. Wann hatte mir die Welt jemals einen Grund gegeben, es nicht zu sein?

„Du verletzt meine Gefühle, Liebling“, sagte er gedehnt. Das Auto wärmte sich auf, und er nahm die Strickmütze ab, unter der ein Kopf mit dichten, dunklen Haaren auftauchte. Als er mich ansah, machte es ein paar Mal Klick, bevor mein Gehirn das, was ich sah, vollständig verstehen konnte. Sein Gesicht war schlanker als es mit 18 Jahren gewesen war. Die Knochen traten stärker hervor, aber die dunklen Haare waren die gleichen, genau wie die grauen Augen, die ich im Dämmerlicht sehen konnte.

Meine Hand flog zu meinem Mund und bedeckte ihn überrascht.

„Cade ...“, murmelte ich. Meine Zunge stolperte über seinen Namen, aber der Rest von mir erinnerte sich gut genug. Es fühlte sich an, als ob ein Waldbrand durch meinen Körper raste, was mich dazu brachte, die Luft scharf einzusaugen.

„Ich freue mich auch dich zu sehen, Liebling“, sagte Cade amüsiert mit einem Funkeln in seinen Augen und wir fuhren in Richtung White Pines.

2

Cade

Ich war nie jemand, der an das Schicksal glaubt, und ich war mir nicht sicher, ob ich es in diesem Moment tat. Ich hatte sicher nicht an das Schicksal gedacht, als ich sah, wie das Auto vor mir von der Straße abkam, der aufblitzende weiße Schwanz eines Hirsches, der auf der anderen Straßenseite verschwand. Stattdessen war mein Geist mit Bildern von Tod und Blut erfüllt, und als die Frau im Auto sich endlich rührte, hatte ich eine Erleichterung gespürt, die so tief war, dass sie meine Knie weich werden ließ.

Danach konnte ich nur noch darüber nachdenken, sie in Sicherheit zu bringen und dafür zu sorgen, dass es ihr gutging. Ich hatte es wirklich gemocht, als sie das Bild von meinem Nummernschild machte. Etwas an der scharfen Art und Weise, wie sie mir antwortete, ihre kompromisslose Haltung, zog mich wie einen Magneten zu ihr. Und in dem Moment habe ich sie erkannt. Ich hatte die Schärfe ihrer Stimme erkannt, die trotzige Haltung ihres Kinns und natürlich die grünen Augen, die einen Mann zu Fall bringen konnten.

Es war Mara.

Es war Mara Becker, die ich aus dem Schnee gezogen hatte, und wenn das nicht Schicksal war, war es zumindest ein Beweis dafür, dass das Universum einen Sinn für Humor hatte.

„Gott, Cade“, sagte sie, und ich war der Meinung eine Art Wärme in ihrer Stimme zu hören. Wenn es Wärme gab, sagte ich mir, sollte ich ihr nicht vertrauen, aber Mara war immer geradehinaus gewesen ... zumindest was die meisten Dinge betraf.

„Was machst du hier?“

„Oh das Übliche“, sagte ich. „Im Schnee herumirren, hübsche Mädchen retten. Ich bin mein regelmäßig unverantwortliches Selbst.“

Gott, was zum Teufel war los mit mir? Ich klang wie ein bissiger Teenager, und sie hätte jedes Recht gehabt, mir dafür den Kopf zu waschen. Stattdessen lachte sie ein wenig, ein warmer Ton, der etwas in mir klingen ließ.

„Ich werde es nicht in Frage stellen“, sagte sie mit einem leichten Lachen. „Ich weiß, dass du vor zehn Jahren auch für mich angehalten hättest. Die Tatsache, dass du immer noch bereit warst anzuhalten ... Ich denke, das muss ich dir hoch anrechnen.“

Ein Lob von der Königin selbst. Es bedurfte einiger Anstrengung, mich davon abzuhalten, sich in ihren Worten zu sonnen. Ich war schon einmal auf diesem Weg gewesen, und ich wusste, dass er nirgendwohin geführt hatte.

„Ich habe es nicht getan, um deine Anerkennung zu bekommen, Prinzessin“, sagte ich mit einem Achselzucken. „Ich hätte für jeden angehalten.“

„Gut", sagte sie und klang etwas säuerlich. „Willst du eine Medaille, weil du nicht vorher nachgeschaut hast, ob ein Mädchen niedlich ist oder nicht, bevor du ihr aus einem Wrack hilfst?"

Ich wollte mit den Zähnen nach ihr schnappen, und auch das war vertraut. Stattdessen ignorierte ich sie und entschied mich, mich auf das Fahren zu konzentrieren. Der Schneesturm war nicht so schlimm, und die Meldungen sagten, dass er um zwei oder drei Uhr morgens aufhören würde. Mein Auto konnte damit umgehen, aber ich konnte genauso leicht in einem Graben landen wie sie.

Früher wäre Mara mit erhobener Fahne in einen Kampf gesegelt, oder sie wäre mit viel mehr Würde und Schwung davonstolziert, als ein Teenagermädchen haben sollte. Aber jetzt schaute sie mich einfach durch die Dunkelheit an. Ich konnte ihren Blick wie eine Berührung auf mir spüren, und ich holte tief Luft und stieß sie langsam wieder aus.

Wenn ich an Mara und White Pines zurückdachte, konnte ich ein Schauern des Verlangens nie unterdrücken, immer heiß, aber als ich älter wurde auch seltsam. Gott, es hatte viele Frauen seit Mara, dem ältesten der Becker-Mädchen, gegeben, aber sie waren meist verschwunden und vergessen. Keine von ihnen konnte beim bloßen Gedanken an sie mein Verlangen anheizen, so wie Mara es konnte. Nun, da sie auf meinem Beifahrersitz saß, erwachsen und mit den gleichen grünen Augen, den gleichen vollen Lippen, erkannte ich, dass ich es mir nicht einbildete.

Ich wollte sie immer noch, und dieser Gedanke machte mich wütend.

„Was zum Teufel schaust du so an?", fragte ich und sie lachte wieder.

„Dich, natürlich", sagte sie, und in ihrer Stimme lag keinerlei Verärgerung. „Bist du immer noch so wütend auf mich?"

„Ich müsste ziemlich verrückt sein, um immer noch wütend auf etwas zu sein, das vor zehn Jahren passiert ist“, sagte ich grimmig. „Gott, wir waren Kinder.“

„Das beantwortet meine Frage nicht“, sagte Mara, aber sie hakte nicht weiter nach. Sie schaute aus ihrem Fenster in den Schneesturm, und als sie wieder sprach, lag etwas Verträumtes ihrer Stimme.

„Ich war lange wütend auf dich“, sagte sie. „Ich hatte vielleicht keinen Grund es zu sein, aber ich war es. Ich dachte ... Ich dachte, du hättest eine vollkommen gute Sache ruiniert, aber jetzt sehe ich langsam, warum du es getan hast. Warum du gegangen bist. Vielleicht war es sogar gut, dass du es getan hast.“

Das tat mehr weh, als ich dachte. Ich konnte mich noch an meine letzten Nächte in White Pines vor zehn Jahren erinnern. Sie waren überhaupt nicht angenehm gewesen. Die einzige Person, die sie erträglich gemacht hatte, saß gerade neben mir.

„Hatte ich recht?“, fragte ich. Ich wollte sarkastisch klingen, aber es war eine echte Frage. „Wegen dem, was du getan hast, meine ich. Hast du dich auf ein schönes College im Osten eingeschrieben, einen Kerl mit einem Portfolio und einer perfekten Bonitätsnote geheiratet und mit vierundzwanzig ein entzückendes Kind bekommen?“

„Ich glaube, du hast gerade die ersten drei oder vier Jungs beschrieben, mit denen ich zusammen war“, sagte sie mit einem leisen Lachen. „Doch alles andere stimmt nicht. Diese Art von Kerl neigt dazu, eher eine Haushälterin und ein Kindermädchen zu wollen als eine Partnerin, und als ich das herausfand, bin ich von der Schule gegangen und nach Atlanta gezogen.“

Ich musste lachen, und sie warf mir einen leicht irritierten Blick zu.

„Miss Jahrgangsbeste hat die Schule geschmissen?"

„Genau", entgegnete sie. „Es war die absolut richtige Entscheidung. Ich sollte nicht in der Betriebswirtschaft arbeiten. Ich merkte, dass ich von der Art von Leuten umgeben war, die ich bereits im Alter von neunzehn Jahren töten wollte, und wenn ich mit dieser Meute weitergemacht hätte, hätte ich es vielleicht mit fünfundzwanzig tatsächlich getan."

„In Ordnung", sagte ich versöhnlich, obwohl ich es nicht glaubte. „Ich bin sicher, dass die Rede bei deinen Eltern funktioniert hat. Was hast du stattdessen getan? Warum Atlanta?"

„Ein Kerl", gab sie zu, so beschämt, dass ich wieder lachte. „Gott, ich war nicht einmal zwanzig, aber ich dachte, er wisse alles – es war einfach dumm. Unsere Beziehung hat etwa zehn Minuten gehalten, nachdem ich dort runter gezogen war."

„Aber du bist nicht zurückgezogen?"

„Nein. Ich hatte zu viel Stolz, aber als ich das einmal überstanden hatte, hatte ich mich in die Stadt verliebt, und hatte mir einen Job bei einem Magazin gesichert. Ich bin jetzt Redakteurin. Es ist eine gute Arbeit. Ich kann sie überall tun, wenn ich mag. Und es wird gut bezahlt."

Ich riskierte, sie noch einmal anzuschauen. Sie sah mich nicht an, und sie erwartete nicht, dass ich sie ansah. Eine kleine Falte lag zwischen ihren Augen.

„Aber es ist nicht das, was du tun willst."

Sie warf mir ein breites Grinsen zu.

„Was ist mit dir? Lebst du deinen Traum?", fragte sie. „Die Vereinigten Staaten zu sehen, unstetige Jobs, die große amerikanische Erfahrung?"

Das war vertraut. Gott, ich war mit achtzehn lächerlich gewesen, aber ein Teil von mir plusterte sich bei ihrem Tonfall dennoch auf.

„Du bist nicht die Einzige, die sich verändert hat, Mara", entgegnete ich. „Ich bin etwa zwei Jahre lang im ganzen Land herumgeirrt. Habe es ein halbes Dutzend Mal durchquert, arbeitete auf einem Garnelenfischerboot vor dem Golf. Dann rief mich mein Onkel an und sagte mir, er habe etwas Arbeit für mich. Ich bin jetzt in der Immobilienbranche."

So wie sich das anhörte, hätte sie eigentlich auch davon ausgehen können, dass ich irgendwo für einen Vermieter arbeitete. Als sie lachte, plusterte ich mich auf, aber als ich spürte, wie sich ihre Hand bewegte und meine am Steuer berührte, fing ich fast an zu schnurren.

„Ich habe an dich gedacht", flüsterte sie, als wäre es ein Geständnis. „Und ja, du warst auf deinem verdammten Motorrad, bist über die Autobahn gedonnert und hast für ein paar Wochen in den Städten angehalten, um dir genug Benzingeld zu verdienen, um weiterzufahren. Ich kann mir dich auch am Golf vorstellen. Ich war schon ein paar Mal dort, wo das Wasser so blau ist, dass es dir den Atem raubt und die Sonne rot aufgeht und aussieht, als ob das Meer in Flammen steht ... Warst du damals glücklich?"

„Nein", sagte ich unverblümt. „Es hat Spaß gemacht. Ich hatte einige wilde Zeiten, aber es war nicht richtig."

„Und was machst du jetzt?"

„Vielleicht komme ich dem Richtigen jetzt näher."

„Ich bin glücklich."

Sie klang, als ob sie es so meinte, und ich musste tatsächlich nach der Wut suchen, die ich immer direkt neben meinem Verlangen nach ihr genährt hatte. Gott, die Tatsache, dass sie mich in weniger als einer halben Stunde entwaffnen konnte, wäre urkomisch, wenn es nicht so mitleiderregend wäre. Den Rest des Weges nach White Pines blieb ich ruhig, und dann fuhr ich sie automatisch zum Haus ihrer Großmutter.

„Einen Familienurlaub bei deiner Oma?“, fragte ich, als wir davor hielten.

„Nein, sie ist seit ein paar Jahren tot“, sagte Mara offen. So ruhig und leise ihre Stimme auch war, lag doch ein Schmerz darin, angesichts dessen ich sie in meine Arme nehmen wollte. „Das Anwesen ist in den Nachlass eingeflossen, und jetzt müssen meine Schwestern und ich uns einigen, was wir damit machen.“

Das alles ließ sie nicht so ruhig, wie sie mir gegenüber den Anschein erwecken wollte, oder wie sie selbst sein wollte, aber es stand mir nicht zu, nachzufragen. Stattdessen stieg ich aus dem Auto und ging herum, um ihr die Tür zu öffnen, und sie lächelte mich an, immer ganz die Prinzessin.

„Hier steige ich aus“, sagte sie unnötigerweise, aber sie ging nicht die Treppe hinauf zur Tür. „Vielleicht sehen wir …“

Ich könnte lügen und sagen, dass ich in diesem Moment einfach nicht anders konnte, dass es all die Erinnerungen und das Verlangen waren, und vielleicht auch ein kleiner Drang, die Vergangenheit neu zu schreiben. Aber Schande über mein Haupt, es war nur, weil ich sie wollte. Im trüben Verandalicht, als der Schnee um uns herumwirbelte und sich in ihren dunklen Haaren fing, wollte ich sie – und so zog ich sie an mich und küsste sie.

Sie schmeckte so gut, wie ich es in Erinnerung hatte, warm und süß, und nach einem Moment des Schocks drückte sie sich gegen mich. Wir waren beide dick gegen die Kälte angezogen, aber ich konnte die Wärme spüren, die von ihr ausging, als sie meinen Kuss erwiderte. Ich konnte mich nicht davon abhalten, meine Hände in ihren Haaren zu vergraben, ihr Gesicht zu halten, damit ich ihren Mund erkunden konnte, sie wieder erforschte und ihr zeigte, wie sehr ich sie wollte ...

Genauso schnell, wie wir uns aneinander geklammert hatten, lösten wir uns auch wieder voneinander. Wir starrten einander an, und ich merkte, dass ich keine Ahnung hatte, was in ihr vor sich ging. Wir waren jetzt Erwachsene, nicht die verrückten Kinder von früher. Es klaffte ein ganzes Jahrzehnt zwischen uns, und trotz dass ein Teil von mir darauf bestand, kannten wir uns nicht mehr.

Ich fing an, etwas zu sagen, etwas zur Entschuldigung, etwas, um zu erklären, was wir getan hatten, aber dann öffnete sich die Tür oben an der Treppe und ein hartes Licht fiel über uns.

„Oh mein Gott, Mara? Geht es dir gut? Ich habe dich angerufen ...“

Shannon, half mir mein Gehirn auf die Sprünge. Im Schlafanzug und einem Bademantel oben auf der Treppe stehend starrte sie uns aus großen Augen und verwirrt an. Eigentlich musste ich auch nichts erklären, also wandte ich mich an Mara.

„Wir sehen uns später“, murmelte ich.

„Warte“, rief sie, aber ich war schon wieder ins Auto gestiegen und fuhr zurück zu meinem Hotel auf der anderen Seite der Stadt. Ich versuchte mir zu sagen, dass ich in White Pines war, um Angelegenheiten zu erledigen, nicht um mit meiner Highschool-Liebe herumzumachen, aber als ich durch den wirbelnden Schnee fuhr und den Wind an meinen Fenstern hörte, wusste ich, dass es nur ein Hauch von Selbstbeherrschung war, der mich dazu brachte, weiterzufahren, anstatt umzudrehen und die Wärme zu finden, die ich nur mit Mara Becker erlebt hatte.

3

Mara

„War das ...?“

„Cade Lowell, ja, genau der“, sagte ich brüsk. „Komm, wir müssen hinein, bevor die Kälte uns beide umbringt.“

Shannon folgte mir mit einem Stirnrunzeln nach drinnen, und als ich meine Winterbekleidung auszog, konnte ich endlich erleichtert aufatmen. Als ich das tat, konnte ich etwas völlig Erstaunliches in der Luft riechen, und ich wandte mich überrascht an Shannon.

„Hast du einen Kuchen gebacken?“

„Das habe ich“, sagte sie mit einem leisen Lächeln. „Und es gibt auch Eintopf. Ich hatte gehofft, mit dir zu essen, aber es ist noch viel übrig. Du kannst essen und mir sagen, was zum Teufel mit Chloe passiert ist. Und mit Cade offenbar auch.“

Ich war es nicht mehr gewohnt, den Leuten antworten zu müssen, das erkannte ich, als ich ihr in die Küche folgte. Ich arbeitete unabhängig in Atlanta, und manchmal vergingen viele Tage, bis ich wieder in das Büro des Magazins gehen musste. Aber als ich es bemerkte, bemerkte ich auch, wie schön es war, dass meine Schwester mir gegenüber im alten Haus unserer Großmutter saß, mir einen Teller mit Eintopf vollschaufelte und ein paar Scheiben reichhaltiges Brot abschnitt, bevor sie alles vor mir abstellte.

„Gott, Shannon, hast du auch Brot gebacken?“

„Ich war den ganzen Tag allein“, sagte sie mit einem schwachen Lächeln. „Ich musste etwas tun, nicht wahr? Essen und dann reden.“

Wir waren beide nicht besonders guter Laune gewesen in der letzten Zeit, während wir versucht hatten herauszufinden, was wir mit dem Haus machen. Das Essen und ihr sanftes Mobbing fühlten sich an wie ein Waffenstillstand, und ich war so müde, dass ich ihn einfach annehmen wollte. Das Essen war gut genug, dass ich es nicht einmal genießen konnte, es herunterschlang, während ich ihrem erwartungsvollen Blick auswich.

Über Chloe und Alex zu sprechen war einfach. Shannon nickte und stimmte zu, dass es so aussah, als wären sie gut füreinander, aber mir entging nicht der wehmütige Ausdruck in ihren Augen. Meine Schwester war schon immer romantisch gewesen, aber die Romantik schien immer an ihr vorbeizugehen. Ich hätte ihr sagen können, dass Romantik sowieso nicht wirklich toll war, aber dieses Gespräch schien nie so gut zu laufen.

„So viel zu Chloe und Alex“, sinnierte sie. „Jetzt sag mir, was mit dir und Cade los ist. Habt ihr zwei, ich weiß nicht, euch nach all der Zeit wieder ineinander verliebt?“

Ich zuckte ein wenig vor ihrer Neugier zurück, denn wenn ich ehrlich war, wusste ich selbst nicht, was ich davon halten sollte. Seit Cade mich mitgenommen hatte, fühlte ich mich, als wäre alles in meinem Kopf durcheinander geraten, wie von einem Hurrikan herumgeschleudert. Das hätte mich aber nicht überraschen dürfen. Das war eben Cade. Er kam herein wie ein Sturm, und wenn er ging, war nichts mehr wie vorher.

Er hatte mir das ja schon einmal angetan.

Vor zehn Jahren

„Hey Mara, es ist wieder Cade!"

Sammi, eine meiner Klassenkameradinnen, sprach Cades Namen schleppend aus, schrill und spottend, aber darunter konnte ich ihren Neid klar hören. Ich warf ihr einen bösen Blick zu und ging zum Fenster und weigerte mich, mich zu beeilen.

Ich agierte so cool, wie ich konnte, aber die Wahrheit war, dass ich mein Herz nicht davon abhalten konnte, schneller zu schlagen. Ich war nach White Pines versetzt worden, um mein Abschlussjahr zu beenden, weil meine Oma nach einem Sturz Hilfe brauchte. Ich wusste, warum meine Eltern mich herschickten, aber ich hatte mir ausgemalt, dass es eine langweilige und einsame Zeit sein würde, weit weg von meiner Familie und meinen Freunden.

Mit was ich nicht gerechnet hatte, war Cade Lowell, der mich bei Malarky aufgehalten hatte, für meinen Burger bezahlte und dann darauf bestand, mit mir zu essen. Das war vor fast sechs Wochen gewesen, und seither haben uns jeden Tag gesehen.

Er war auf seinem Motorrad, das Oma jedes Mal, wenn er kam, um mich abzuholen, frustrierte, und er fühlte sich völlig wohl darauf. Das war vielleicht das, was ich an Cade am meisten mochte: wie lässig er bei allem war. Bekleidet war er mit einer schwarzen Jeans, schweren Stiefeln, einem schwarzen T-Shirt und natürlich der allgegenwärtigen schwarzen Motorradjacke. Es war schwer genug, um eine Rüstung zu sein, und so habe ich ihn immer gesehen.

„Was willst du?“, fragte ich mit einem gespielt bösen Gesicht. „Hat Carson eingesehen, dass du zu viel Ärger machst und dich gefeuert?“

Cade grinste unbeeindruckt, offen und lässig.

„Sein Kind heiratet morgen in Madison, also hat er die Werkstatt für den Tag geschlossen. Ich fahre hinauf zum Steinbruch. Komm mit.“

„Du denkst, ich habe nichts Besseres zu tun, als mit dir zu kommen?“, neckte ich ihn und sein Grinsen wurde ein wenig verschlagen.

„Ich könnte dafür sorgen, dass du es nicht bereust“, bot er an.

Ich runzelte die Stirn, aber eine angenehme Wärme breitete sich bereits in meinem Bauch aus, was mich erröten ließ. Ich gab vor, eine Minute darüber nachzudenken, und schaute mir dann über die Schulter, wo ein halbes Dutzend anderer Schüler über die Gestaltung des Schuljahrbuchs diskutierte. Ich war nur da, weil ich einige Erfahrung mit Grafikdesign hatte, und ich war schon gelangweilt.

„Gut, ich bin sofort unten.“

Mir folgten einige Blicke, als ich aus dem Zimmer ging, aber es war mir egal. An diesem hellen Frühlingsnachmittag war das Einzige, was mir wichtig war, Cade und dass ich so nah an ihn herankam, wie ich konnte.

Cade gab mir einen Helm und sorgte dafür, dass ich mich fest an ihn klammerte, bevor er die Straße hinunterjagte. Jedes Mal, wenn ich zu ihm auf sein Motorrad stieg, spürte ich den tiefsitzenden Nervenkitzel von Gefahr und Vergnügen, der sich in mir zusammenballte. Als ich meine Wange auf seine Schulter drückte, roch ich Leder und Schweiß. Ich fühlte mich nie erwachsener als mit Cade.

Die Fahrt zum Steinbruch war kurz, und schon bald befanden wir uns auf einer der kleinen Nebenstraßen, die sich durch die ganze Gegend zogen. Wir ließen sein Motorrad an einem geschützten Ort zurück und gingen Hand in Hand einen der schmalen Pfade hinauf. Er ließ mich vor sich gehen, und ich konnte seine Blicke auf meinem Rücken und meinen Hüften spüren. Ich wusste, dass meine Eltern mich nie allein mit Cade gehen lassen würden, wenn ich zu Hause wäre. Er war in meinem Alter, und besuchte immer noch die Highschool für den halben Tag, die andere Hälfte arbeitete er, aber an ihm war etwas, das erwachsen wirkte, gefährlich.

Cade und ich fanden einen Baum mit viel weichem Gras darunter, und wir ließen uns auf dem Boden nieder, mein Kopf auf seiner Schulter.

„Wie geht es zu Hause?“, fragte ich und er zuckte mit den Achseln.

„Papa hat irgendwie sein gewohntes Wochenend-Saufgelage verpasst, also macht er es jetzt wieder wett. Ich kann einfach in der Werkstatt schlafen, wenn er zu schlimm wird.“

Ich zuckte zusammen. Cades Vater hatte einen gewissen Ruf in der Stadt, und es war kein guter.

„Du könntest zu mir nach Hause kommen“, schlug ich vor. „Wir haben ein freies Schlafzimmer.“

Cade lachte und schüttelte sich ein wenig.

„Wetten, dass deine Oma das lieben würde“, sagte er. „Nein, die Werkstatt ist in Ordnung. Es gibt dort einen Fernseher und einige Bücher. Keine große Sache. Aber darüber möchte ich jetzt nicht sprechen.“

„Oh?“, fragte ich amüsiert. „Worüber willst du dann sprechen?“

Wie sich herausstellte, wollte er überhaupt nicht reden, und als wir unter dem Baum mit Blick auf den Steinbruch lagen, fing er an, mich zu küssen. Wir rieben uns aneinander, küssten uns und erforschten und erkundeten uns, bis alles, was ich hören konnte, unsere Atemzüge waren, das Geräusch unserer bekleideten Körper, die sich aneinander rieben, unsere Herzschläge, die so laut wie Trommeln dröhnten.

Ich wollte ihn mehr, als ich irgendetwas in meinem Leben gewollt hatte, aber als er anfing, meine Jeans zu öffnen, legte ich meine Hand auf seine.

„Nein“, sagte ich. „Das will ich nicht ...“

Cade blies sich die Haare aus der Stirn, drückte seine Stirn gegen meine Schulter und nickte widerwillig. Er legte sich auf seinen Rücken, ein Arm über die Augen geworfen, und ich nutzte die Gelegenheit, wieder zu Atem zu kommen.

„So ein gutes Mädchen“, neckte er mich, als wir beide ein wenig zu Atem gekommen waren.

Ehrlich gesagt wusste ich nicht einmal, warum ich ihn gestoppt hatte. Alles, was ich wusste, war, dass, obwohl ich ihn mit aller Macht wollte, ich ihn jetzt noch nicht wollte, und ich war dankbar, dass er es zu verstehen schien.

Nach einer Weile kuschelten wir uns wieder nebeneinander, küssten uns ein wenig, redeten mehr. Ich hörte mit einem halben Ohr zu, als er darüber sprach, auf sein Motorrad zu steigen, um sich das Land anzuschauen, von Stadt zu Stadt zu fahren, die Menschen kennenzulernen. Ich machte mir mehr Sorgen um meine Oma und dass sie mit jedem Tag gebrechlicher zu werden schien.

Als die Sonne anfing, auf den Horizont zuzuwandern, brachte er mich zurück in die Stadt und setzte mich vor dem Haus meiner Oma ab.

„Ich werde in den nächsten Tagen an einem Projekt arbeiten, aber vielleicht können wir uns am Freitag sehen?“

„Klingt gut“, sagte ich. „Bist du sicher, dass du keinen Skandal in der Nachbarschaft auslösen willst, indem du in unserem freien Schlafzimmer übernachtest?“

Er lachte.

„Nein. Alles in Ordnung. Bis bald, Prinzessin.“

Der Freitagabend kam, und ich ignorierte das Schulgeschwätz über den bevorstehenden Frühlingsball. Es fühlte sich alles sehr weit weg an, das ganze Gerede darüber, wer gehen würde und wer nicht. Stattdessen ging ich nach Hause, sah nach meiner Oma, um sicherzustellen, dass sie alle ihre Medikamente genommen hatte, und setzte mich für eine Weile auf die Veranda, um zu lesen.

In der Abenddämmerung, gerade als ich hineingehen wollte, hörte ich das Dröhnen von Cades Motorrad. Ich legte mein Buch beiseite und stand auf, um ihm entgegenzugehen, ein breites Lächeln auf meinem Gesicht. Als er abstieg und seine Arme um mich schlang, fühlte ich mich so leicht wie eine Feder, wie ein bisschen Asche, das von einem Lagerfeuer aufgewirbelt worden war und jetzt zurück zur Erde schwebte.

„Hallo“, sagte ich leise. „Was willst du heute Abend tun?“

Er grinste mich an.

„Willst du nach Chicago fahren?“

Ich blinzelte und lachte halb ungläubig.

„Was, du meinst ... über das Wochenende? Cade, du weißt, dass ich meine Oma nicht alleinlassen kann ...“

„Nein, nicht über das Wochenende, vielleicht für eine Woche. Es gibt einen Kerl da unten, der Hilfe für seine Produktion braucht, und danach weiß ich noch nicht. Vielleicht weiter nach New Orleans. Ich wollte schon immer den Golf sehen. Ich glaube, die Familie meiner Mutter stammt von dort. Oder Los Angeles. Warum nicht?“

Ich starrte ihn an, denn trotz des schieren Wahnsinns, der aus seinem Mund sprang, gab es einen Teil von mir, der nichts anderes wollte, als zu ihm auf sein Motorrad zu steigen und loszufahren. Ich musste mich von ihm losreißen, weil ich plötzlich so versucht war, dass ich es nicht ertragen konnte.

„Was zum Teufel redest du, Cade?“, zischte ich. „Willst du die Stadt verlassen? Und was ist ... Was ist mit der Schule? Was ist mit deinem Abschluss?“

Cades Gesicht wurde hart.

„Wenn ich einen Abschluss will, mache ich einen GED, aber ich will keinen. Ich möchte keine weitere Minute in dieser verdammten Stadt bleiben. Ich habe die letzten Tage damit verbracht, meine Sachen zu packen, etwas Geld zu verdienen, und jetzt will ich einfach, dass du sagst, dass du mit mir kommst.“

Die Verwirrung, die in mir hochsprudelte, verwandelte sich schnell in Wut, und ich starrte ihn an.

„Du meinst, dass du dich vor ein paar Tagen dazu entschlossen hast, dies zu tun, und jetzt erwartest du, dass ich alles stehen und liegen lasse und mit dir komme?“

Der Blick, den er mir zuwarf, zeigte Ungeduld. Er griff nach meiner Hand, aber ich zog sie weg.

„Komm, Mara, du weißt, dass du zu gut für diese Stadt bist. Du weißt, dass du mit mir kommen willst.“

„Ich *weiß,* dass ich in ein paar Monaten diese verdammte Highschool abschließe, und ich *weiß*, dass ich hierbleiben und mich um meine Großmutter kümmern muss“, fauchte ich. „Ich dachte, du wüsstest das, aber anscheinend nicht.“

Er blickte bei der Erwähnung meiner Großmutter ein wenig schuldig, aber er weigerte sich, nachzugeben.

„Ich will dich bei mir“, sagte er. „Wir wären super zusammen auf der Straße, du weißt das. Ich möchte das nicht ohne dich machen.“

„Aber du wirst“, sagte ich traurig und las die Entscheidung in seinen Augen. „Weil du dich entschieden hast, nicht wahr? Entweder komme ich jetzt ohne Vorbereitung, ohne Rücksicht auf meine Verantwortung und ohne Sicherheitsnetz, falls alles schiefgeht, mit dir, oder es ist vorbei.“

Cade sah aus wie ein geprügelter Hund, aber ich hörte nicht auf.

„Gott, Cade. Das kannst du mir nicht antun. Du kannst nicht einfach eine Entscheidung treffen und darauf bestehen, dass ich dazu tanze wie eine Marionette!“

„Das ist nicht das, was ich will“, knurrte er. „Das weißt du. Ich möchte, dass wir aus dieser verdammten Stadt verschwinden, und ich möchte, dass wir wir selbst sind. Ich möchte bei dir sein, und ich möchte nicht Daniel Lowells Sohn sein, der wahrscheinlich genauso wie er enden wird, wenn ich nicht so schnell wie möglich von hier verschwinde.“

„Du kannst mich nicht bitten, das zu tun“, wiederholte ich, und zu meiner Bestürzung machte er einen Schritt zurück. Als ich nach seiner Hand griff, schüttelte er mich ab.

„Schön", sagte Cade. „Du willst ein Leben, das du minutiös vorhersagen kannst? Du willst auf ein tolles College gehen und einen netten Mann heiraten und in einem schönen Haus leben und dich fragen, wo zum Teufel dein Leben hingegangen ist, in Ordnung."

Er wandte sich ab und schritt zurück zu seinem Motorrad, und dieses Mal war ich diejenige, die versuchte, sich an seiner Hand festzuklammern.

„Cade ... nicht ..."

Er blickte mich an, und seine grauen Augen blickten so wütend, dass ich langsamer wurde. Plötzlich erinnerte ich mich an all jene Leute, die gesagt hatten, dass Cade Lowell ein Hitzkopf war, die mir gesagt hatten, er könne gewalttätig und grausam sein, und zum ersten Mal hatte ich Angst vor ihm.

„Du hast mir gesagt, was du willst, Prinzessin", spuckte er aus. „Und das ist in Ordnung. Wenn du so leben willst, ist das fantastisch. Doch das ist nicht das, was ich für mich selbst will."

Ich war so verblüfft von seinen Worten, dass ich völlig stumm war, als er wieder auf sein Motorrad stieg. Ich beobachtete, wie er auf dem Motorrad die Straße hinunterjagte, und obwohl ich wusste, dass der größte Teil der Nachbarschaft mich beobachtete, stand ich in der Einfahrt und starrte ihm noch hinterher, lange nachdem er bereits verschwunden war.

„Du hast uns nie davon erzählt", sagte Shannon leise und mit in die Ferne gerichtetem Blick.

„Nun, ich blieb den größten Teil des Sommers bei Oma, und dann bin ich zwei Wochen nach Hause gezogen, bevor ich mit dem College angefangen habe." Ich zuckte mit den Achseln. „Es schien nicht viel zu sagen zu geben. Ich denke, vielleicht hat Oma

Mama davon erzählt, aber es war nichts, worüber Mama und ich jemals gesprochen haben."

„Ich wünschte, du wärst damit nicht allein gewesen", sagte Shannon, und ich seufzte.

„Ich war noch nie so gut darin, über meine Gefühle zu sprechen", sagte ich. „Ich wollte nur ... Ich weiß nicht. Vielleicht nicht vergessen, aber es beiseitelegen?"

„Und jetzt ist Cade wieder da, und du bist wieder da ..."

„Er scheint immer noch so wütend zu sein", sinnierte ich. „Ich weiß, dass er ziemlich wütend war, nachdem er gegangen war, aber hätte er nicht schon darüber hinweg sein sollen? Es ist so lange her."

„Wer weiß?" Shannon zuckte mit den Schultern. „Nur weil er zurück ist, heißt das nicht, dass du etwas tun musst. Wenn ihm nichts an dir liegt, muss dir auch nichts an ihm liegen. Ihr könnt euch einfach aus dem Weg gehen."

Sie stand auf, um meinen leeren Teller zu nehmen, und stellte meinen Kuchen vor mich. Wir sprachen über andere Dinge: die endlose Diskussion darüber, was mit dem Haus zu tun ist, wie es Chloe ging, und während all dessen konnte ich meine Gedanken nicht davon abhalten, immer wieder zurück zu Cade zu wandern.

Ich weiß nicht, ob Shannon wusste, dass es einfacher gesagt als getan war, Cade aus dem Weg zu gehen. Von dem Moment an, als wir uns trafen, waren wir nie in der Lage gewesen, einander aus dem Weg zu gehen, wenn der andere in der Nähe war, erst, als er in jener Frühlingsnacht vor fast einem Jahrzehnt von mir wegfuhr.

Nun, da wir beide wieder in White Pines waren, wussten wir, was passieren würde.

4

Cade

Ich habe meine Selbstkontrolle ziemlich gut aufrechterhalten. Ich wartete ganze drei Tage, bevor ich zu dem Haus fuhr, wo ich Mara abgesetzt hatte. Es war einer dieser hellen Tage, die man manchmal im Dezember hat, keine Wolke an einem schmerzend blauen Himmel, und der Morgenfrost war schon vor dem Mittag verschwunden.

White Pines war schon immer eine verschlafene kleine Stadt gewesen, aber jetzt bestand reges Interesse daran. Immer mehr Leute flogen über den Winter in den Norden, verzaubert von der Idee, einen klassischen Urlaub zu verbringen, der eines Hallmark-Films würdig ist, und ich war daran interessiert, das zu nutzen.

Die Wahrheit war, dass ich mich in meine Heimatstadt zurückgekämpft hatte. Ich wusste, dass es eine großartige berufliche Chance sein würde, wenn ich ganz unten einsteigen würde, vor allem, weil niemand die Stadt so gut kannte wie ich. Es gab viele Möglichkeiten, hier reich zu werden, und ich hatte sicherlich nichts dagegen, mein beträchtliches Vermögen zu erhöhen.

Mein Onkel sagte immer, man kann nie zu reich sein, und nachdem er mir alles beigebracht hatte, was er wusste, musste ich zustimmen.

Ich war überrascht, dass White Pines keinen großen Effekt auf mich hatte. Ich hatte mich darauf vorbereitet, von der ersten Minute an von all den unguten Erinnerungen von vor langer Zeit heimgesucht zu werden, als ich Anfang Dezember in die Stadt hineinfuhr. Mein Vater war vor ein paar Jahren gestorben, und nachdem ich seine Wohnung geräumt hatte, hatte ich nie einen zweiten Gedanken daran verschwendet. Jetzt war ich zurück, fuhr an meiner alten Highschool, Malarky's und all den anderen alten Erinnerungen vorbei, und ich fühlte nichts.

Nun, die meisten Frauen, die jemals mehr als ein paar Tage mit mir verbracht hatten, hatten mich einen kalten Bastard genannt, und ich hatte kein Problem damit, dass sie damit Recht hatten. Dann bog ich in die Straße zu Maras Haus ein, und ich merkte, dass ich vollkommen falsch gelegen hatte.

Es fühlte sich an, als ob all diese Emotionen, von denen ich dachte, dass ich sie als idiotischer Teenager zurückgelassen hätte, auf mich in diesem Haus warteten. Da war natürlich die Wut und die Frustration, aber darüber hinaus gab es eine Vorfreude, die ich seit meinem 18. Lebensjahr nicht mehr empfunden hatte. Es war Freude und Aufregung und die völlige Gewissheit, dass ich das Mädchen gefunden hatte, das für mich gemacht worden war.

Kurz gesagt, es fühlte sich an, als ob ich wieder achtzehn Jahre alt war, ein Junge, der absolut nichts über Liebe und über Frauen wusste. Zumindest habe ich versucht, mir das einzureden.

Als ich jedoch in die Einfahrt einbog, spürte ich die überwältigende Vertrautheit, in das abgehobene und unglaublich intelligente Mädchen aus einem anderen Staat verliebt zu sein. Ich unterdrückte es, weil ich rein technisch gesehen auf Geschäftsreise war, und anstatt mich mit meinen nostalgischen Gefühlen herumzuschlagen, ging ich los, um an der Tür zu klingeln.

Mara öffnete fast sofort, und für einen Moment schauten wir uns einfach an. Sie ohne ihren dicken Wintermantel zu sehen machte es noch einfacher, sich daran zu erinnern, wie sie vor zehn Jahren ausgesehen hatte. Sie war immer noch groß und ziemlich kurvig, ihre Brüste und ihre Hüften füllten ihr lockeres grünes Shirt und ihre dunklen Leggings mit Leichtigkeit aus. Eine dunkelgrüne Strickjacke bedeckte ihre Schultern, und unpassenderweise trug sie rosa Hausschuhe in Form von Häschen an ihren Füßen.

„Ich glaube, dass Rosa nicht ganz zu dem Rest passt“, sagte ich und sie grinste mich kurz an.

„Zeigt, dass du keine Ahnung hast. Dieser Look ist gerade richtig angesagt in Atlanta“, entgegnete sie in einem pompösen Ton. „Was machst du hier, Cade?“

„Ich komme in Frieden. Können wir ins Warme gehen?“

Mara zögerte einen Moment, und das tat mehr weh, als ich vermutet hatte. Dann nickte sie und trat zurück, um mich ins Haus zu lassen.

„Ich bin gerade mit dem Mittagessen fertig, aber möchtest du einen Kaffee?“

„Ich würde gerne Kaffee trinken“, sagte ich und folgte ihr in die hell erleuchtete Küche. Als wir durch die Räume gingen, bemerkte ich, dass das Haus ihrer Großmutter eine gute Substanz hatte. Es war klassisches Massivholz mit Hartholz. Es war leicht schäbig auf eine angenehme Art und Weise, als ob die Menschen, die dort gelebt hatten, es jahrelang geliebt hätten.

Dann wurde mir klar, dass genau das der Fall war. Es war etwas, für das viele Leute viel Geld bezahlen würden, um es zu erleben, und für einen Moment schämte ich mich meiner selbst.

„Du musst dir keine Sorgen machen, weißt du“, sagte Mara und unterbrach meine Ehrfurcht. „Oma ist seit ein paar Jahren tot. Sie wird nicht aus dem Holzwerk herausspringen, um dich auszufragen.“

Sie hielt einen Moment inne, als sie über ihre Worte nachdachte.

„Obwohl Shannon es könnte. Sie ist aber im Moment nicht hier, also solltest du sicher sein.“

„Freut mich, das zu hören“, sagte ich lachend. „Und nein, ich habe mir keine Sorgen um deine Oma gemacht. Ich habe einfach bemerkt, was für ein schönes Zuhause das ist.“

Mara nickte, als sie den Kaffee aufsetzte, bevor sie sich umdrehte, um mich anzuschauen. Ihre grünen Augen waren so scharf wie Diamanten, und ich fühlte mich, als würde sie mich Molekül für Molekül auseinandernehmen. Es sagt wahrscheinlich etwas über mich aus, dass mich das anmachte.

„Also, ich habe einige Zeit bei Google verbracht“, sagte sie, und ich blinzelte.

„Ja?“

„Ich meine, ich habe dich gegoogelt. Und ich habe dich in einigen sehr beeindruckenden Datenbanken wiedergefunden.“

„Was, hast du erwartet, ein Vorstrafenregister zu finden?“

Sie zuckte mit den Achseln, ein schwaches Lächeln auf ihrem Gesicht.

„Du hast dich ganz gut geschlagen. Dein Immobilienunternehmen ist Milliarden wert.“

Ich grinste.

„Mein Onkel hat mich an die Hand genommen. Ich habe mich einfach vergrößert und bin besser geworden."

„Das habe ich gesehen. Es ist beeindruckend, auch wenn es nicht wirklich mit dem übereinstimmt, an was ich mich erinnere."

Ich dachte, ich hätte in ihrem Ton einen Hauch von Misstrauen gehört.

„Die Menschen ändern sich", sagte ich, und sie nickte.

„Das tun sie. Das hast du. Und ich auf jeden Fall. Glaubst du also, dass das reicht, um mich mit anderen Augen zu sehen?

Sie schaute mich erwartungsvoll an, und ich konnte mich nicht davon abhalten, laut zu lachen.

„Du bist mir eine, Prinzessin", sagte ich. „Also gut, fangen wir von vorn an?"

Ein unruhiger Ausdruck flog über ihr Gesicht, und ich wollte nichts anderes, als ihn wegküssen. Dann war es vorbei, und sie lächelte mich an.

„So ähnlich. Und ich möchte wissen, warum du hier bist. Ich glaube nicht, dass du wirklich der Typ bist, hier zu verweilen."

„Autsch. Nun gut, Karten auf den Tisch. Weißt du, dass du auf einer sehr lukrativen Anlageimmobilie sitzt?"

Mara hob die Augenbrauen.

„Du meinst das Haus? Geht es darum, dass ich dir gesagt habe, dass wir Schwierigkeiten hatten, uns zu entscheiden, was wir damit tun sollten?"

„Ja. White Pines war ein verschlafener kleiner Ort, als wir Teenager waren, Mara, aber das wird nicht so bleiben. Die Urlaubsreisebranche boomt, und wenn die Leute an den perfekten Urlaub denken, ist White Pines genau das, was sie suchen. White Pines könnte am Rande eines enormen Booms des saisonalen Tourismus stehen, und die Menschen suchen Häuser wie dieses.“

Es gibt viele Leute, die begeistert wären, solche Nachrichten zu hören, aber Mara warf mir nur einen abschätzigen Blick zu.

„Und was schlägst du Shannon, Chloe und mir vor?“

„Es geht nicht so sehr darum, was du tun würdest, sondern was ich tun würde. Ich kann keine Versprechungen machen, nicht ohne eine Inspektion und einige Formulare, aber ich bin auf der Suche nach genau solchen Häusern in der Gegend.“

„Und wenn du sie einmal hast, was wirst du tun?“

„Sie ein wenig renovieren und dann entweder als Ferienhäuser verkaufen oder verpachten. Ein wenig Weihnachtsfreude für die Familie zum Preis von hundert Riesen oder so pro Tag.“

Sie blinzelte, als sie die Summe hörte, und ich grinste.

„Oh glaub mir, es gibt viele Leute, die für einen perfekten Urlaub, den sie als Kinder nie erleben durften, jede Menge bezahlen.“

„Und was ist mit dir?“

„Was ist mit mir? Ich habe dir gesagt, ich stecke das Geld-“

„Nein, nicht das“, sagte sie, stellte zwei dampfende Tassen Kaffee vor uns und nahm Platz. Sie zog ihre nackten Füße aus ihren lächerlichen Hausschuhen und verkeilte sie in der Stange unter ihrem Stuhl.

„Ich meinte, würdest du einen Riesen pro Tag für diese Art von perfektem Urlaub bezahlen?“

Ich hatte nicht erwartet, von den längst vergessenen Träumen meines achtzehnjährigen Ichs überfallen zu werden, während ich in White Pines war, und ich war sicher, dass ich nicht damit gerechnet hatte, von den Träumen eines noch jüngeren Ichs überfallen zu werden, ein Ich, dessen Vater das ganze Geld für Weihnachtsgeschenke versoff und der die Leute mit frischen Weihnachtsbäumen nach Hause gehen sah und sich fragte, ob er mit ihnen gehen könne.

„Nun, du weißt ja, wie man sagt. Wenn du verkaufst, solltest du wahrscheinlich nicht kaufen“, wehrte ich ab, und es fühlte sich plötzlich so an, als ob diese grünen Augen direkt durch mich hindurchschauten.

„Ich verstehe. Du verkaufst also eine Illusion, etwas, das dich dazu bringt, die Augen zu rollen und zu lachen.“

„Ohne Sinn für Humor kann man nicht viel erreichen“, sagte ich.

„Ich glaube, ich sehe unser Problem“, sagte Mara. „Du willst, dass die Leute eine Illusion kaufen. Was meine Schwestern und ich hier verkaufen, nun, es ist etwas Reales.“

„Etwas Reales?“

„Oh ja“, sagte Mara mit einem kleinen Lächeln. „Etwas sehr Reales. Wir kamen jedes Weihnachten mit unseren Eltern hierher, und wir verbrachten auch viele Sommer hier. Wir sind hier aufgewachsen. Mein letztes Semester habe ich hier im Gymnasium verbracht und mich um meine Oma gekümmert. Es ging ihr kurze Zeit besser, und sie genoss weitere fünf Jahre, und das lag nicht an mir, aber ich weiß, dass ich geholfen habe. Ich habe mich hier zum ersten Mal in einen Jungen verliebt, und hier wurde mir das Herz gebrochen. Wenn du also davon sprichst, eine Illusion zu verkaufen ... Nun, das hört sich nicht gut an, oder?“

„Du hast einen Preis im Sinn“, sagte ich flach. „Er könnte höher sein, als ich bereit bin zu zahlen, aber du hast einen.“

„Natürlich tue ich das“, sagte Mara. „Jeder tut es. Aber ich möchte nur, dass du weißt, um was du bittest und warum dein Angebot mich im Moment nicht anspricht."

Ich hatte früher schon schwere Verkaufsgespräche gehabt, aber Mara versuchte nicht, den Preis zu erhöhen, indem sie auf meine Sympathie hoffte. Sie erzählte mir nur, was das Haus für sie bedeutete, und das zog irgendwo in der Nähe meines Herzens an etwas, das weh tat, etwas, von dem ich angenommen hatte, es wäre verstummt. Ich nippte an dem Kaffee – überraschend gut und schön heiß – und dachte eine Minute lang nach.

„Gut, ich werde drei Dinge tun. Zuerst werde ich eine Zahl auf dieses Blatt Papier schreiben. Das ist das Minimum dessen, was wir für dieses Haus bezahlen würden. Dies ist eine Zahl, die ich dir gebe, ohne es mir angeschaut zu haben. Wenn ich mehr davon sehe, könnte sie steigen. Das zweite, was ich tun werde, ist, dich zu bitten, mit mir zu kommen und dir anzuschauen, was wir in einigen der anderen Immobilien tun, die ich in der Stadt erworben habe. Du hast mir von der Vergangenheit dieses Hauses erzählt, jetzt möchte ich dir zeigen, wie seine Zukunft aussehen könnte."

Mara nickte nachdenklich. Das war immer eines der Dinge, die sie schon vor zehn Jahren auszeichneten. Sie war jemand, der darüber nachdenken wollte, was auf sie zukam und was es für sie bedeutete.

„Das klingt fair. Ich werde dir aber sagen, dass ich nein sagen werde, solltet ihr versuchen mich unter Druck zu setzen, und meine Schwestern können mich nicht besänftigen, wenn ich wütend werde ..."

„Ich versuche nicht, dich übers Ohr zu hauen, und wenn ich es tue, darfst du so widerlich sein, wie du willst. Klingt das gut?"

„So weit, so gut. Du hast von drei Dingen gesprochen. Was ist das dritte?"

„Drittens, es tut mir leid, wenn ich neugierig bin, Mara, aber als du den ersten Jungen erwähnt hast, in den du dich verliebt hast, und den ersten Jungen, der dir das Herz gebrochen hat ... war das ich?“

Ich wackelte mit meinen Augenbrauen und nahm an, sie würde es als Spaß auffassen, lachen und mich eventuell kopfschüttelnd auf den Arm boxen. Stattdessen wurde Mara eigenartig ruhig, auf eine Art, die sie mehr wie eine Statue als eine Person aussehen ließ. Es war, als wäre sie irgendwohin verschwunden und würde nicht planen zurückzukehren, bis sie wusste, dass es sicher war.

„Natürlich warst du es, Cade“, sagte sie leise. „Natürlich.“

5

Mara

Christus, warum zum Teufel habe ich das getan?

Ich wusste natürlich, warum. Die Zahl auf dem Blatt Papier, das Cade mir gegeben hatte, war tatsächlich doppelt so hoch, wie ich erwartet hatte, und der Gedanke, dass der Preis noch stieg, bescherte mir Schwindel. Sogar Shannon, die das Haus am wenigsten verkaufen wollte, hatte genickt und gesagt, ich solle wenigstens mit Cade mitgehen und ihn anhören.

„Ich glaube nicht, dass es schaden wird, mehr darüber zu erfahren, was er anbietet", hatte Shannon gesagt. „Aber wenn du die geringsten Zweifel hast, Mara, mach dir keine Sorgen, nein zu sagen. Wir werden etwas anderes finden."

Das Problem war natürlich, dass ich mich weniger sorgen sollte, was Cade verkaufte, sondern mehr wegen Cade selbst. In den letzten drei Nächten vor dem Tag, an dem wir uns verabredet hatten, uns wieder zu treffen, hatte ich geträumt. Normalerweise träume ich nicht oft. Ich schließe einfach die Augen und wache nach sieben oder acht Stunden wieder auf. Die letzten Nächte war ich jedoch aufgewacht und Cade spukte in meinem Kopf herum. Wir hatten nie viel mehr getan als uns berührt und geküsst, aber meine Träume waren viel expliziter. In meinen Träumen sah ich ihn nackt, träumte davon, wie er meinen nackten Körper betrachtete, und ich träumte davon, ihn noch viel mehr zu berühren und zu küssen, als wir es je getan hatten.

Heute Morgen war ich jedoch aus einem der seltsamsten Träume aufgewacht. Ich hatte mich durch einen Nebel bewegt, und ich rief Cades Namen. Der einzige Ton, der an diesem seltsamen und unangenehmen Ort an mein Ohr drang, war jedoch ein Echo meiner eigenen Stimme. Am Ende des Traumes hatte ich mich einfach auf den Boden gesetzt, um zu weinen.

Ich war den ganzen Tag unruhig, und als es auf sieben Uhr zuging, fühlte ich mich gespannt wie eine Feder. Es wäre vielleicht einfacher gewesen, wenn Shannon bereit gewesen wäre, mit mir zu kommen, aber sie entschuldigte sich und beschloss, zu Hause zu bleiben und im Wohnzimmer etwas zu malen.

Um Punkt sieben Uhr schickte Cade mir eine Nachricht und teilte mir mit, dass er vor dem Haus sei, und als ich hinausging, öffnete er mir die Autotür und lächelte ein wenig.

„Dein Auto ist noch in der Werkstatt?“, fragte er.

„Ja. Sie werden morgen fertig sein.“

„Gut.“ Er hielt inne, und als er sprach, lag ein Hauch von Traurigkeit in seiner Stimme. „Ich bin froh, dich zu sehen, Mara, obwohl es mir leid tut, dass dein Auto in einem Graben landen musste, um das möglich zu machen.“

„Weißt du, es ist lustig, ich habe ein paar Mal darüber nachgedacht, dich auf Facebook zu kontaktieren. Weißt du, dass es dich manchmal als Freund vorschlägt?“

Cade blinzelte.

„Wirklich?“

„Ja. Es ist merkwürdig. Manchmal spreche ich mit einem Freund über irgendetwas und dann ist da dein Gesicht.“

„Warum hast du nie versucht, Hallo zu sagen?“

„Ich weiß es nicht“, gestand ich. „Ich denke, ich dachte, wir wären zu verschieden oder dass zu viel Zeit vergangen ist.“

„Und jetzt?“

„Und jetzt weiß ich es noch weniger. Ich spüre immer noch ... diese Wut, die du ausstrahlst.“ Cade hatte etwas an sich, das mir schon immer das Gefühl gab, ich könnte ihm einfach sagen, was mir durch den Kopf ging. Scheinbar hatte sich zumindest das nicht geändert.

„Ich bin nicht wütend auf dich“, sagte er zu schnell, und ich zuckte mit den Achseln.

„Zeig mir, was du mir zeigen willst. Deine große Vision.“

Ich fühlte mich sicherer, über Häuser und Visionen zu sprechen. Es war zu leicht, von den sicheren Themen abzuweichen und sich in ein Gebiet zu wagen, das bei weitem zu dunkel war, und je mehr Gespräche ich mit ihm führte, desto leichter wurde es.

Wir sprachen ein wenig über menschliche Migrationsmuster und das Bedürfnis nach Komfort, ganz egal, wo man lebte, aber dann sagte Cade plötzlich etwas, das mich erschreckte.

„Erinnerst du dich an das alte Haus des Driscoll?“

„Ja“, sagte ich. „Das stand leer, als wir Kinder waren, oder? Und dann ist dort eine Art Kult eingezogen?“

„Sie waren nicht wirklich ein Kult, nur ein Haufen Hippies, die eine gute Zeit haben wollten. Die Dame, der das Haus gehörte, wurde irgendwann nüchtern, und nachdem sie ein schönes ruhiges Leben in Anaheim begonnen hatte, wollte sie es verkaufen. Ich habe dieses Haus vor einer Weile gekauft, und es ist ein perfektes Muster davon, was ich mir für White Pines vorstelle."

Die Wohngegend, in der sich das Driscoll-Haus befand, war älter als die Gegend, in der das Haus meiner Oma lag. Es gab eine Menge Rasen um die Häuser, und sie waren ein bisschen größer, ein bisschen eleganter. Zu meiner Überraschung brannten im Haus die Lichter, als wir in die Einfahrt bogen und auch die Verandalichter waren eingeschaltet.

„Cade, lebt jetzt jemand hier? Stören wir eine Familie beim Abendessen?"

„Entspann dich. Nein, niemand lebt hier. Ich habe mit einem Designer gearbeitet, nachdem wir das Haus wieder auf Vordermann gebracht hatten. Es hat auf seltsame Weise Spaß gemacht. Wir wollten den Menschen zeigen können, was sie in White Pines haben können, was ihre Familien haben können. Komm."

Fast instinktiv nahm er meine Hand, als wir den Weg zur Haustür hinaufgingen. Es ergab Sinn, dachte ich. Die Nacht wurde kühler, und unser Atem bildete Dampfschwaden in der kalten Luft. Er öffnete die Tür, und für einen seltsamen Moment hatte ich eine Vision von ihm, in der er mich wie seine Braut über die Schwelle trug.

Er nahm meinen Mantel, und als er mich ins Wohnzimmer führte, sah ich mich überrascht um.

„Oh, Cade", murmelte ich.

Es war wie aus einem Märchenbuch. Als er ein Musterhaus beschrieben hatte, hatte ich mir etwas Elegantes vorgestellt, das von Profis entworfen worden war. Ich hatte mir Textilien aus der ganzen Welt und exotisches Holz vorgestellt. Das wäre sinnvoll gewesen, und das wäre für eine bestimmte Art von wohlhabenden Investoren oder Käufern sehr attraktiv gewesen.

Stattdessen fühlte sich dies wie ein Ort an, an dem eine Familie lebte. Die Möbel waren harmonisch, aber nicht zusammenpassend, und über allem lag ein Hauch von Abnutzung, so dass es aussah, als wäre hier jemand zuhause. Der Teppich auf dem Boden war gefilzte Wolle, die gleiche Art, wie meine Großmutter gehabt hatte, und eine einzelne Scheibe aus Buntglas bot einen Blick in das Esszimmer, perfekt und schön.

„Schön, nicht wahr?“, fragte Cade. „Das Mädchen, das ich dazu gebracht habe, das zu tun, ist ein Wunder. Sie macht eine Menge Antikverkäufe, Immobilienverkäufe, und sie kann so gut wie alles erschaffen ...“

„Es ist definitiv schön“, sagte ich zögerlich, und Cade schüttelte den Kopf.

„Aber?“

„Lass mich den Rest sehen“, sagte ich. „Lass mich diese Urlaubsvision von Cade Lowell sehen.“

Er zuckte mit den Achseln und führte mich auf eine Tour durch das Haus. Jedes Zimmer ähnelte dem Wohnzimmer: schön eingerichtet und es sah aus, als wäre eine glückliche Familie einfach für eine Minute verschwunden, vielleicht, um entlang der Main Street spazieren zu gehen. Als wir jedoch durch das Haus gingen, spürte ich, wie etwas auf mein Herz drückte. Normalerweise berühren mich Dinge nur sehr schwer, aber etwas an dem Haus mit seinen schönen, gemütlichen Ecken, trieb mir die Tränen in die Augen.

„Also?“, fragte er, als wir wieder im Wohnzimmer waren. „Was denkst du?“

„Das ist es, was du den Leuten verkaufen willst? Falsches Glück?“

Er blinzelte mich an und verengte die Augen.

„Das ist keine Fälschung, Mara“, sagte er. „Die Familien, die hierherkommen werden, um hier zu wohnen, sind echt. Dies ist ein Rahmen für sie, ein Ort für sie, um einen schönen Urlaub zu haben. Einen fröhlichen, unvergesslichen Urlaub.“

Ich wollte Cade fragen, ob er von solchen Häusern geträumt hätte, als er noch ein Kind war, ob er gehofft und gebetet hatte, dass er einen Ort hätte, der so ruhig und so schön war. Es wäre das Grausamste gewesen, was ich hätte fragen können, denn ich wusste, dass die Antwort ja lauten würde.

„Das fühlt sich fremd für mich an“, sagte ich mit leiser Stimme. „Ich kann mir nicht vorstellen, dass jemand direkt hier einzieht und sich sagt, dass dies für eine Woche oder zwei Wochen oder ein paar Monate in Ordnung ist und dann einfach wieder verschwindet.“

„Natürlich wäre es für dich nicht okay“, sagte er. „Dieser Ort wurde nie für jemanden wie dich entworfen.“

„Jemanden wie mich?“, fragte ich. „Was meinst du damit?“

Cade grinste ein wenig, seitlich und schief, und ich fühlte, wie mein Herz ein wenig schneller schlug. Gott, dass er das nach all der Zeit immer noch schaffte, war geradezu unfair.

„Du dachtest, du würdest aufs College gehen, dich irgendwo niederlassen und eine Familie haben – all die richtigen Dinge tun. Stattdessen bist du bis nach Atlanta gegangen, um für ein Magazin zu arbeiten. Sogar deine Version von Rebellion war praktisch. Ich weiß, dass es etwas anderes geben muss, nach dem du dich sehnst, einen anderen Grund, warum du das Bedürfnis verspürt hast, dein Leben zu ändern und deine sorgfältig ausgearbeiteten Pläne zu ändern. Was ist es, Mara? Möchtest du in einer Band sein? Malst du? Etwas an dir hat auf mich immer den Eindruck gemacht, als wärst du künstlerisch veranlagt ..."

„Ein Roman", sagte ich leicht gereizt. „Ich habe meinen Schwestern nichts davon erzählt."

Aber ich hatte es ihm gesagt. Und es fühlte sich eigenartigerweise richtig an.

„Richtig, ein Roman. Ob wir nun erwachsen geworden sind oder nicht, es ist nichts, was wir brauchen. Ich weiß nicht, ob die Leute, die es mögen, es brauchen oder auch nicht. Ich weiß, dass sie es wollen. Sie werden auch so tun, als ob."

„Und was werden sie vorgeben?", fragte ich. Dieses Haus hatte etwas seltsam Magisches an sich, die sanfte Art, wie Cade mit mir sprach, die Wärme des Hauses nach der harten Kälte draußen. Welche Art von Magie es auch war, egal wie künstlich oder wie seltsam, ich kam ihr einen Schritt näher und wollte sie annehmen.

Cade sah sich um, und wenn es einen Teil von ihm gab, der traurig war, diese Art von Leben nie wirklich gehabt zu haben, zeigte er es nicht.

„Oh, jede Menge Dinge", sagte er. „Ich meine, wenn ich dies als meinen Zufluchtsort wählen würde, würde ich denken, dass ich White Pines nie verlassen wollte, und dass es eine alternative Realität gibt, wo das in Ordnung ist. Vielleicht finde ich irgendwo in der Nähe einen anständigen Job, Vollzeit, zu Hause um sechs, stetige Arbeit, gutes Geld. Und natürlich würde sich das alles lohnen, denn ich würde nach Hause kommen."

Ich nickte, weil ich sehen konnte, worauf er hinauswollte. Himmel, ich hatte dieses innere Ringen von Zeit zu Zeit selbst gespürt.

„Und ich wäre nach dem College hierher gezogen, anstatt nach Atlanta zu gehen. Könnte einen Bibliotheksabschluss gemacht haben und wenn Mrs. Penske in den Ruhestand ginge …"

„Sie wird nie in Rente gehen. Sie wird hinter dem Schreibtisch sterben, und dann wird ihr Geist diesen Ort heimsuchen", lachte Cade, und ich unterbrach ihn.

„Fantasie, erinnerst du dich? Wenn Mrs. Penske in den Ruhestand ginge, übernähme ich für sie. Ich liebe es, das Sommerleseprogramm zu leiten, und jeden Tag helfe ich Menschen, die Bücher zu finden, von denen ich weiß, dass sie sie lieben werden."

Cade trat einen Schritt auf mich zu.

„Ist das das, was dich glücklich machen würde?", fragte er heißer. „Den Leuten die Bücher finden, die sie gerne lesen werden?"

Ich lachte ein wenig beschämt. Was hatte dieser Mann, dass er mich dazu brachte, alles vor ihm offenzulegen?

„So ungefähr. Zumindest denke ich, dass ich es genießen würde. Was mich wirklich glücklich machen würde? Vielleicht meinen Roman zu veröffentlichen."

Ich erwartete, dass Cade höfliches Interesse ausdrückte oder, wenn er gemein sein wollte, lachte. Stattdessen leuchtete sein Gesicht auf, als wäre Weihnachten dieses Jahr früher gekommen.

„Wirklich? Du hast schon einen Roman fertig? Ist es etwas, was du die Leute lesen lässt?"

„Ich ... Fast. Ich habe fast einen Roman. Es sind vielleicht noch vierzig oder fünfzig Seiten bis ich fertig bin. Oder so. Ich ... du kannst ihn lesen, wenn du möchtest."

„Das wäre unser erster Streit", sagte Cade lachend. „Ich würde wollen, dass du dir mehr Zeit von der Bibliotheksarbeit frei nimmst, um an deinem Roman zu arbeiten", sagte er mit ernster Stimme und tat so, als wäre diese Fantasie echt.

„Und ich würde denken, dass es viel besser wäre, wenn wir Geld für Weihnachten haben. Wir haben eine große Familie, wir beide."

Das hatten wir eigentlich nicht. Cade war schon lange, bevor er es hätte sein sollen, auf sich allein gestellt, und ich hatte nur meine Schwestern. Der Gedanke löste ein wehmütiges Gefühl in mir aus, aber er ließ mich auch daran denken, dass die kleine Chloe schwanger war und wahrscheinlich bald heiraten würde, wenn die Blicke, die zwischen ihr und Alex hin und her flogen, etwas war, woran man sich orientieren konnte.

Cade schüttelte reumütig den Kopf, als er sich umsah. Er war derjenige gewesen, der all dies geschaffen hatte, aber die Realität war für ihn so weit entfernt wie für mich.

„Es scheint, als würden wir sogar im Fantasieland streiten", sinnierte er.

Das hatte etwas Melancholisches, war so traurig, dass ich mich hinter ihn stellte. Er erschrak ein wenig, als ich meine Arme um seine Taille schlang und meine Wange an seine Schultern lehnte. Er war größer als ich, aber er war so viel breiter und stärker. Ich passte perfekt gegen ihn.

„Das ist das Leben, hier oder im Fantasieland. Wenn wir nie streiten würden, nie wütend aufeinander wären oder wenn wir nie etwas zu verbessern hätten, wie würden wir dann jemals wissen, wann die Dinge zwischen uns wirklich richtig gut sind?"

„Du denkst, das mit uns wäre wirklich richtig gut, Mara?"

„Sicher. Hier im Fantasieland sowieso."

Er drehte sich um, und ich fragte mich, ob ich einen Fehler gemacht hatte. Es war so einfach gewesen, so süß, als ich ihn von hinten umarmt hatte. Als er sich jedoch umdrehte, wurde es viel intimer. Er war mir so nah, und ich konnte spüren, wie seine Wärme auf mich abstrahlte, sogar durch unsere Kleidung. Es war, als würden wir in Flammen stehen, und ich wunderte mich über Schicksal und Unvermeidlichkeit.

„Im Fantasieland enden Streitereien mit einem Kuss", sagte er mit schwankender Stimme.

Ich wusste, dass es klug gewesen wäre, mich von ihm zu lösen, zu lachen und das dumme Spiel zu beenden, das wir spielten. Wir waren zu alt, um Familie zu spielen, sogar schon damals, als wir uns als Teenager trafen, und wir waren jetzt viel zu alt dafür. Als Erwachsene verstanden wir Konsequenzen und Chemie, und wir hätten uns vor Herzschmerz und hoffnungslosen Verstrickungen hüten müssen.

„Nun, ich hasse es, die Gesetze des Fantasielandes zu brechen", murmelte ich, und ich hob mein Gesicht für seinen Kuss.

Es war kein keusches Küsschen auf die Wange, das er mir gab. Stattdessen legten sich seine mächtigen Arme um mich herum und zogen mich fest an sich, und seine Lippen eroberten meine mit einem fast reißenden Hunger. Mit diesem Kuss fielen in einem einzigen Augenblick meine Hemmungen von mir ab, und ich wusste, dass das Einzige, was in diesem Moment zählte, das war, was ich in Cades Armen fühlte, was er mich fühlen lassen konnte.

Er küsste mich, als ob die Welt untergehen würde, und bevor ich überhaupt wusste, dass ich es tat, hatte ich meine Arme um ihn geschlungen und ihn so nah wie möglich an mich gezogen. Er legte seine Hand auf meine Wange, drehte meinen Kopf leicht und suchte die empfindliche Haut in der Nähe meines Ohres. Als er seine Zähne in mein Ohrläppchen schlug, keuchte ich, aber ich konnte mich nicht davon abhalten, mich noch fester an ihn zu pressen, mich hilflos zu fühlen und mich verzweifelt unter seinen Händen zu winden.

„Das sind entschieden zu viele Sachen", sagte er, löste sich von mir und es war das Klügste, was ich je gehört habe. Was folgte, war ein hastiges Abwerfen unserer Winterkleidung. Sie fielen wie Herbstblätter auf den Boden, und unser hektisches Tempo verlangsamte sich erst, als wir beide nackt waren. Dann hielten wir inne und wir betrachteten uns eine Minuten lang gierig.

Cade war breiter geworden, seit ich ihn das letzte Mal gesehen hatte, und ich hatte ihn damals noch nie nackt gesehen. Sein Körper war mit Muskeln übersät, und eine dünne Spur dunkler Haare lief an seinem Nabel nach unten und stoppte kurz vor seinem Schwanz. Meine Augen weiteten sich, als ich seine Erektion sah, schon hart für mich und von seinem Körper abstehend.

Ich fragte mich, wie er mich sah. Ich war nicht mehr siebzehn. Ich hatte Dehnungsstreifen und Narben, alles Markierungen, die ein Jahrzehnt mit sich brachten. Wenn ich jedoch irgendwelche Sorgen hatte, was er denken könnte, wurden sie durch den Ausdruck der absoluten Anbetung in seinen Augen verbannt.

„Gott, Prinzessin, du bist wunderschön", seufzte er, und dann lagen wir uns wieder in den Armen. Dieses Mal konnte ich spüren, wie seine Erektion sich gegen mich drückte wie ein Brandeisen, so heiß, dass ich nicht widerstehen konnte, sie in meine Hand zu nehmen, mit meinen Fingern zu umkreisen, bevor ich die samtige Haut streichelte.

Cade stöhnte und vergrub sein Gesicht in meinen Haaren. Er stieß mir mit einer abrupten Bewegung in die Hand, die sich verzweifelt anfühlte. Ich dachte, er würde mich gleich nehmen und mich zu Boden werfen, aber er löste sich von mir.

„Hey!“, rief ich. Es war sein Recht, diesen Wahnsinn zu stoppen, wenn er es wollte, aber an diesem Punkt konnte ich nicht einmal so tun, als wäre ich nicht heiß auf ihn.

„Wenn du so weitermachst, werde ich dich einfach über den Esstisch legen und dich nehmen“, sagte er rau.

„Ich sehe nicht, warum das ein Problem sein sollte“, hob ich an, aber dann hob er mich hoch, wie eine Braut. Ich hatte immer gedacht, ich wäre zu schwer, als dass irgendjemand mich so tragen könnte, aber meine Arme waren um seinen Hals geschlungen, und ich wusste, dass er mich nicht fallen lassen würde, nicht in einer Million Jahren.

„Ich habe eine bessere Idee“, sagte Cade, und er trug mich ins Schlafzimmer.

Wie der Rest des Hauses, war auch das Schlafzimmer mit einem Auge für Komfort eingerichtet. Als Cade die kleine Lampe auf der Kommode einschaltete, wurde der Raum in ein bernsteinfarbenes Licht getaucht, das ein riesiges Bett offenbarte, bestehend aus glatten, grün gestreiften Laken und einer gemütlichen Decke, die ordentlich am Fußende gefaltet war. Es sah aus wie der perfekte Ort, um eine kalte Winternacht zu verschlafen, aber das Letzte, woran ich im Moment dachte, war Schlaf.

Als Cade mich aufs Bett legte, kam er nicht sofort zu mir. Stattdessen trat er zurück, um mich anzuschauen, und ich blickte ihn an. Dieser Moment hatte etwas Feierliches. Es fühlte sich an, als hätten wir mehr als nur ein Fantasieland geschaffen, als wären wir tatsächlich in einer anderen Welt, an einem Ort, an dem er mich nie zurückgelassen hatte, wo ich mich nie geweigert hatte, mit ihm zu kommen.

„Ich glaube, ich habe jede Frau, mit der ich je zusammen war, mit dir verglichen", sagte er schließlich, und ich schüttelte den Kopf.

„Das ist nicht nett", murmelte ich, „aber ich glaube, ich weiß, was du meinst."

Als Cade sich mir schließlich auf dem Bett anschloss, bewegte er sich langsamer. Seine Küsse, obwohl immer noch leidenschaftlich, wurden inniger. Er erforschte meinen Körper, mit seinem Mund, seinen Händen, seiner Zunge – und er ließ sich nicht drängen. Als ich versuchte, nach ihm zu greifen, schob er mich zurück aufs Bett.

„Später", murmelte er heißer. „Im Moment möchte ich dich nur genießen ..."

Ich konnte meine Hände nicht ganz von ihm lassen. Stattdessen fädelte ich meine Finger in seine dunklen Haare und zog sanft daran, als er genau die richtige Stelle traf. Ich wimmerte, als er meine Brustwarzen erreichte und sanft daran zupfte, mit genau der richtigen Kombination aus Druck und Süße.

Seine vorwitzige Zunge wanderte von meinem Brustbein zu meinem Nabel, und dann rutschte er zwischen meine Beine und leckte über meine Falten, bis mein Körper sich für ihn öffnete, so selbstverständlich wie eine Blume für die Sonne. Dann konnte ich nicht mehr denken, als er mich spreizte und anfing mich zu lecken.

Mir hatte daran noch nie wirklich etwas gelegen, aber an den nackten Rändern meines Bewusstseins fragte ich mich, ob es daran lag, dass ich noch nie einen Mann getroffen hatte, der es so genossen hatte, wie Cade es zu tun schien. Es lag nichts Zaghaftes in der Art und Weise, wie er mich verschlang, nichts Schüchternes oder Vorsichtiges. Stattdessen leckte er heftig über meine Klitoris, während er einen Finger in mich schob, ihn wieder herauszog und dann diese Bewegung wiederholte. Als ich meine Hüften verlangend hob, legte sich sein freier Arm schwer auf mich und hielt mich still, damit er mit mir machen konnte, was er wollte. Anscheinend wollte er mich zum Schreien bringen.

Meine Finger zogen an seinen Haaren. Ich war kurz davor, zu schreien, aber irgendwie schaffte ich es, mich zu bremsen. Meine Fersen gruben sich in die Matratze unter mir und sehnten sich nach mehr, aber Cade ließ sich Zeit. Er wollte mir Lust verschaffen, und er war absolut zielstrebig beim Verfolgen seines Ziels.

Die Lust rauschte durch mich und ließ mich zittern, aber alles fühlte sich so gut an, dass mich der herannahende Orgasmus überraschte. Er stieg in meinem Zentrum auf, rollte sich in mir zusammen, und ich schaffte es irgendwie, Worte zu finden.

„Cade ... Cade, wenn du nicht aufhörst, werde ich ..."

Cade lachte, und irgendwie konnte ich die Vibration in meinem Körper spüren, die durch das süße Feuer, das in mir brannte, noch verstärkt wurde.

„Warum zum Teufel sollte ich jemals aufhören?", fragte er, und dann senkte er wieder den Kopf.

Es gab einen Teil von mir, der durchhalten wollte. Ich wollte, dass diese Lust andauerte, aber Cade ließ das nicht zu. Er trieb mich immer höher, bis ich den Gipfel erreichte, und dann fiel ich. Ich hörte mich schreien, und es schien, als ob sich jeder Muskel in meinem Körper zusammenzog. Selbst wenn ich wollte, konnte ich nicht weg von der Lust, die er mir verschaffte. Stattdessen konnte ich nur zulassen, dass sie mich mitriss.

Als ich langsam in meinen Körper zurückkehrte, legte sich Cade neben mich. Ich versuchte, eine Frage in meinem Kopf zu formen, aber dann zog er mich auf sich. Seine Bewegungen waren nicht zärtlich, was mir sagte, dass er sich schon seit geraumer Zeit zurückgehalten hatte, und jetzt konnte er einfach nicht länger. Seine starken Hände schoben sich unter meine Hüften, und er hob mich so leicht wie eine Feder nach oben. Ich legte meine Hände auf seine Brust und staunte über seine Kraft, und gemeinsam senkten wir mich auf ihn hinab. Als ich die Spitze seines Schwanzes an meinem Eingang spürte, wimmerte ich ein wenig, und als er vollständig in mir war, schrie ich wieder vor Verlangen.

„Oh mein Gott", murmelte ich, und er hielt inne und schaute mich an.

„Bist du in Ordnung?", fragte er heißer. Ich wusste, dass er aufhören würde, wenn ich es wollte, aber genau das war, wonach mir am wenigsten der Sinn stand.

„Ja. Oh ja, Cade, ich brauche dich nur ... so sehr ..."

Er stöhnte bei meinen Worten, und seine Hände klammerten sich reflexartig um meine Hüften. Er hob mich für einen Moment wieder hoch, und dann stürzte er sich wieder in mich und ließ uns beide vor Lust schreien.

Er bewegte sich wie ein Mann, der sich nach mir verzehrte, und hob mich an, als ob ich nur für ihn gemacht wäre, nur zu seinem Vergnügen. Ich konnte nicht anders, als mich mit ihm zu bewegen und ihn mit jedem Laut, den ich von mir gab, weiter in mich zu drängen.

Es gab niemanden auf der Welt, der sich jemals so gut angefühlt hatte wie Cade, und nach dem unglaublichen Höhepunkt, den er mir verschafft hatte, sehnte ich mich danach, ihm das gleiche Vergnügen zu bereiten.

Ich spürte, wie das leise Zittern in seinem Körper einsetzte, vielleicht sogar noch bevor er es tat. Ich hob mich und senkte mich schneller über ihm, mit mehr Kraft. Ein feiner Schweißfilm bedeckte mich.

Cades Augen öffneten sich plötzlich, dunkel und wild.

„Ich werde dich nicht wieder gehen lassen“, knurrte er, und dann stieß er mit einem lauten Schrei ein letztes Mal in mich hinein und erzitterte heftig. Ich schloss die Augen und fühlte jeden Zentimeter seines Körpers, und ich wusste, dass ich nie aufgehört hatte, Cade zu lieben. Nicht wirklich.

6

Cade

Wenn ich ganz ehrlich bin, hatte ich mir das mehr als einmal vorgestellt. Wie sich herausstellte, ließ die Liebe zu Mara jeden Tagtraum unter der Dusche oder spätabendliche Selbstbefriedigungs-Sessions alt aussehen. Das Mädchen meiner Träume hatte sich in eine Frau aus Feuer verwandelt, und in der Minute, in der wir fertig waren, meldete sich bereits ein Teil von mir, der gespannt war zu erfahren, wann wir es wiederholen würden.

Sie wimmerte leise und rutschte von mir herunter, um sich an meine Seite zu schmiegen. Ich strich ihr die Haare aus ihrem Gesicht, und als ich dies tat, spürte ich, wie mich bei dem Gedanken, was hätte gewesen sein könnte, die Wut ergriff.

Christus, das war zehn Jahre her, sagte ich mir, aber das hielt mich nicht davon ab, mich von ihr wegzurollen und aufzustehen, und mich anzuziehen und das Schlafzimmer zu verlassen.

„So ... Gehört es zu deiner Fantasie, ein Mensch zu sein, der spät in der Nacht wieder zur Arbeit muss, oder bist du einfach nur schlecht im Kuscheln?“, fragte Mara. Sie klang selbstbewusst und amüsiert, und ich fragte mich, ob sie mich auslachte. Um ehrlich zu sein, fragte ich mich, wie lange mir diese Frage schon durch den Kopf ging.

„Das hätten wir nicht tun sollen“, sagte ich kurz angebunden. „Das sollte rein geschäftlich sein.“

Ich sah sie an und blickte in ihre schmalen Augen. Im düsteren Licht des Raumes verwandelte sich das Grün in Schwarz, und es lag etwas Scharfes und Gnadenloses in ihrem Blick.

„Wirklich? Für jemanden, der das ganz geschäftlich halten wollte, hattest du aber noch vor ein paar Minuten ordentlich Spaß gehabt …“

„Natürlich hatte ich Spaß.“ Ich verkniff mir den Rest. *Weil du es warst.* „Steh auf und lass uns uns anziehen, Mara. Du hast gesehen, was ich mit dem Haus gemacht habe, und du kannst selbst entscheiden, ob du es auch für dich willst.“

Mara sah einen Moment lang so aus, als würde sie tun, was ich gesagt hatte, und dann setzte sie sich auf.

„Nein.“

Ich blieb auf halbem Weg zur Tür stehen und drehte mich um.

„Bitte was?“

„Nein“, wiederholte sie wohlwollend und richtete sich etwas auf. Sie fühlte sich herrlich wohl in ihrer Nacktheit. Sie legte ihre Hände auf ihre großzügigen Hüften und schaute mir in die Augen.

„Ich gehe nirgendwohin, bis du mir sagst, warum du immer noch so wütend bist. Ich meine, sicher, manchmal denke ich, dass ich mit dir hätte gehen sollen, aber ich war noch in der Highschool. Wenn du nicht verstehst, warum ein Highschool-Mädchen nicht ihren Abschluss, ihre Familie und all ihre Pläne in den Wind schießen kann, nur um sich einem Kerl anzuschließen, der denkt, dass es Spaß machen könnte, für ein paar Monate in den Süden zu fahren, weiß ich nicht, was ich dir sagen soll.“

Ich starrte sie an. Ich bin ziemlich einschüchternd, wenn ich starre, aber Mara ignorierte es einfach. Stattdessen sah sie mich an, unbekümmert wie eine Königin, und wartete ab, was ich zu meiner Verteidigung hervorbrachte.

Die Wut, die sich den größten Teil eines Jahrzehnts in meinem Herzen versteckt hatte, sprudelte an die Oberfläche, und ich konnte sie nicht mehr zügeln. Warum es ihr nicht sagen? Warum nicht einfach sehen, was sie dazu zu sagen hatte.

„Ich habe dich gesehen“, sagte ich grob. „Am Tag danach.“

Sie sah mich stirnrunzelnd an.

„Mich gesehen? Wovon sprichst du?“

„Am Tag, nach dem du nein gesagt hast“, fauchte ich. „Ich wollte schon in jener Nacht fahren, aber ich konnte nicht. Es war nicht die Schule, es war nicht mein Vater, es war wegen dir. Es war einfach ... wegen dir.“

Ich spürte, wie es mir die Kehle zuschnürte, aber irgendwie schaffte ich es, weiterzureden. Nichts in ihrem Gesicht verriet mir etwas, da gab es nur ein verwirrtes Stirnrunzeln und Sympathie. Keine Schuldgefühle. Und das überraschte mich.

„Ich bin die ganze Nacht und den nächsten Tag herumgefahren und habe nachgedacht. Vielleicht sollte ich bleiben. Vielleicht könnten wir gemeinsam eine Lösung finden. Am nächsten Abend bin ich wieder zu deinem Haus gefahren.“

Sie blinzelte.

„Am nächsten Tag ...“ Sie war in Gedanken versunken, versuchte, sich an eine andere Zeit zu erinnern. „Da war der Frühlingstanz.“

„Ja, der Frühlingstanz“, sagte ich. „Wie lange hat es gedauert, bis du ein Date gefunden hast, nachdem ich fort war, Mara? Hast du eine Stunde oder so deswegen geweint und dich dann wieder den Jungs gewidmet, die hinter dir her waren? Oder hast du dich die ganze Zeit, in der wir zusammen waren, hinter meinem Rücken mit ihm getroffen?“

Ich erwartete ... Ich weiß nicht, was ich erwartet habe. Vielleicht dass sie stottern und es abstreiten würde oder vielleicht dass sie mir sagen würde, dass mich das, was sie tat, nichts anging, nachdem wir uns am Tag zuvor getrennt hatten. Stattdessen blitzten für einen Moment ihre Augen wütend auf, und sie griff nach einem der Kissen, die wir vom Bett geworfen hatten.

Ich hatte keine Zeit zu erkennen, was sie damit vorhatte, bevor sie es so hart wie möglich direkt an meinem Kopf warf.

„Verdammt, wirst du jemals Fragen stellen bevor du dir eine feste Meinung bildest?“, knurrte sie.

Ich erwischte die Decke, die sie als Nächstes auf mich warf und runzelte die Stirn.

„Was zum Teufel …“

„Natürlich habe ich mich mit niemanden getroffen, als wir zusammen waren! Und abgesehen von der Tatsache, dass du mich verlassen hast – dass *du mich* verlassen hast – hast du kein Recht, zu hinterfragen, was ich danach getan habe. Und abgesehen von all dem, du blinder Idiot, hat meine Großmutter mir diesen Kerl auf den Hals gehetzt.“

Ich blinzelte.

„Was?“

Sie verschränkte ihre Arme über ihren Brüsten, starrte mich an und rauchte wie ein Vulkan.

„Ich bin mit Andrew Langston zum Tanz gegangen, dessen Freundin ihn gerade verlassen hatte. Seine Mutter und meine Oma waren Freunde, und als seine Freundin ihn kurz vor dem Tanz verließ, fragte Mrs. Langston meine Oma, ob ich ihm einen Gefallen tun würde."

„Und du hast ja gesagt?"

Sie starrte mich an.

„Vielleicht hatte ich einige Erfahrungen damit, abrupt verlassen zu werden", entgegnete sie. „Vielleicht hatte ich einen Grund, dass er mir leidtat."

Ich spürte, wie sich die Welt leicht neigte – wie die Vergangenheit, auf der ich mein Leben aufgebaut hatte, sich veränderte und alles in mir verschob. Mit Maras Erklärung verblasste diese Wut, so dass ich mich roh und seltsam erneuert fühlte.

„Du ... hast nicht nur einen Ersatz gesucht?"

„Nein!", rief sie und warf ihre Hände in die Luft. „Du musst uns in der ersten Stunde des Tanzes gesehen haben. Ich musste mir ein Kleid von diesem älteren Mädchen ausleihen, das Mrs. Langston kannte. Sie war wie ein Zweig gebaut, und ich dachte, dass wenn ich nicht bald gehen würde, es aus allen Nähten platzen würde. Wir gingen zum Tanz, wir tanzten einmal zusammen, weil man es zu erwarten schien, und dann standen wir eine weitere Stunde an der Seite. Dann gingen wir zu Malarky und haben uns über das Scheitern unserer jeweiligen Beziehungen unterhalten."

„Du hast nichts anderes gemacht?"

Sie warf mir einen messerscharfen Blick zu.

„Oh, du meinst den Teil, in dem wir in ein düsteres Motel eingecheckt und unsere Sorgen weggefickt haben?“

Ich konnte das kurze Aufflackern von Schmerz, Wut und absoluter Ungläubigkeit nicht unterdrücken, als sie das sagte, und sie rollte mit ihren Augen.

„Lieber Gott, Cade! Glaubst du wirklich, dass ich dich einfach so vergessen habe?“

Dann trat ein schockierter Ausdruck auf ihr Gesicht. Sie starrte mich an, als hätte sie mich noch nie zuvor gesehen. Ich fühlte mich noch nackter, als ich es schon war – ich fühlte mich bis ins Mark ausgezogen – und mein erster Instinkt war, einen Schritt zurückzuweichen. Ich wollte nicht, dass sie mich wegen etwas, das vor zehn gottverdammten Jahren passiert war, so verletzlich sah. Ich wollte nicht, dass sie die Dinge sah, die ich mir in meinen dunkelsten Nächten ausmalte.

Von einer Sekunde auf die andere stand sie plötzlich vor mir. Zehn Jahre, Tausende von Meilen, zwei sehr, sehr unterschiedliche Leben. Nichts davon spielte eine Rolle mehr. Alles, was zählte, waren ihre Arme um mich, ihr warmes Gesicht, das sich an meine nackte Brust drückte.

„Mara ...“ Ich wollte sie zurückdrängen. Das hätte ich tun sollen. Ich wollte nicht, dass sie mich bemitleidete, aber stattdessen konnte ich sie nur festhalten.

„Ich schwöre dir, Cade, als du gegangen bist, dachte ich, die Sonne sei vom Himmel verschwunden. Ich war wütend, sowohl auf dich als auch auf mich.“

Ich blinzelte, war für einen Moment abgelenkt.

„Warum warst du wütend auf dich?“

„Weil ... oh, aus vielen Gründen. Denn vielleicht hätte ich mit dir gehen sollen. Vielleicht hätte ich darüber nachdenken und einen Weg finden sollen, dass du bleibst. Vielleicht hätte ich eine bessere Freundin sein sollen, und du wärst du nie weggegangen."

„Hey, das war nicht ... Du warst eine tolle Freundin. Ich meine, es gab einen Grund, warum ich wollte, dass du mit mir kommst ..."

Sie grinste mich an, und irgendwie scheute sie sich nicht, mir zu zeigen, wie schwer es vor zehn Jahren für sie gewesen war. Dieser Tag hatte uns beide geprägt, und ich spürte, dass sie sich genauso gut daran erinnerte wie ich.

„Nun, das weiß ich jetzt", sagte sie mit ihrer gewohnten Sachlichkeit. „Habe es nicht wirklich verstanden, als ich noch ein Kind war. Zwei Monate später bliess ich immer noch Trübsal und trieb meine Familie in den Wahnsinn, weil ich mich weigerte zu sagen, warum."

„Zwei Monate nachdem ich White Pines verlassen hatte, war ich in Detroit", gab ich zu. „Ich war ziemlich nah dran, in einige sehr böse Schwierigkeiten zu geraten."

„Ich bin froh, dass du ausgestiegen bist. Ich bin froh über alles, was passiert ist, das dich in diesem Monat wieder hierhergebracht hat."

Die Art und Weise, wie sie es sagte, erschreckte mich, und dann erkannte ich, dass sie völlig recht hatte. Mit allem, was in unserem Leben vor sich ging, mit all den Schwierigkeiten, die wir beide durchgemacht hatten, und der ganzen Vergangenheit, die wir in dieser Stadt hatten, war es nicht weniger als ein Wunder, dass wir beide zur gleichen Zeit wieder hier waren. Noch unwahrscheinlicher, dass wir uns auf diesem einsamen Straßenabschnitt gefunden hatten.

Das war eine zweite Chance, die niemand verdient hätte, aber die wir entgegen aller Widrigkeiten trotzdem erhielten. Als sie mich zurück ins Bett führte, ein leichtes Lächeln auf ihren roten Lippen, erkannte ich, dass ich mich daran festklammern musste. Es fiel mir schwer an eine zweite Chance zu glauben – aber ich wusste, dass ich definitiv keine dritte bekommen würde.

7

Mara

Ich starrte anklagend auf die Seite auf meinem Laptop, als würde ein langes Starren ausreichen, um die Geheimnisse zu enthüllen, die mich zu einem echten Schriftsteller machen. Mein Laptop blieb vorhersehbar stumm, und es kamen keine magischen Worte heraus, die mir Ideen gaben. Stattdessen waren meine Charaktere wie eingefroren, und ich hatte das Gefühl, dass ich, wenn ich noch länger auf den Bildschirm starrte, verrückt werden würde.

Es war ein paar Stunden nach Sonnenuntergang, und über allem lag eine samtweiche Ruhe. Ich dachte, es wäre der perfekte Zeitpunkt, um eine Weile an meinem Roman zu arbeiten, aber ich hatte keinen großen Fortschritt gemacht.

„Hey, Mara?“

Ich schaute auf, und sah Shannon, die in der Tür des kleinen Büros stand, das immer mein Schlafzimmer gewesen war, wenn wir bei Oma wohnten. Sie sah gleichzeitig irgendwie irritiert und amüsiert aus, was nicht oft vorkam.

„Was ist los?“

„Cade Lowell wirft Kieselsteine an mein Fenster“, sagte sie. „Sofern du ihn nicht absolut verärgert hast und er denkt, dass er eine Chance bei mir hat, dann versucht er wahrscheinlich, deine Aufmerksamkeit zu erregen.“

Ich blinzelte.

„Okay, ich gehe raus und kümmere mich darum“, sagte ich und errötete ein wenig, als ich an Shannon vorbeiging und sie lachte.

„Nun, wenn ihr zwei etwas tun wollt, was euch auf die Liste der unartigen Kinder des Weihnachtsmannes setzt, dann gehe ich heute Abend zu einem Chorkonzert. Es findet ein kostenloses im Gemeindezentrum statt.“

„Dir scheint es hier zu gefallen“, kommentierte ich und zuckte mit den Achseln.

„Vielleicht kann ich hier eine Wohnung finden, nachdem wir das Haus verkauft haben.“

„Du könntest das Haus behalten“, schlug ich vor, und sie schüttelte den Kopf.

„Nein, zu groß, zu viele Zimmer. Was soll ich damit anfangen? Wenn jemand es behalten würde, sollte es Chloe sein. Sie ist diejenige, die ein Baby erwartet.“

Ich schwieg. Es war ein Gespräch, das wir schon ein paar Mal geführt hatten, und wir waren der Lösung immer noch nicht näher gekommen. Keiner von uns mochte den Gedanken, dass das Haus unserer Großmutter an Fremde übergeben würde, aber keiner von uns war sich ganz sicher, was wir damit machen sollten. Als ich zur Haustür ging, war ich froh, die Sache zumindest für eine Weile vergessen zu können. Cade wartete auf dem Hof, und er begrüßte mich mit einem breiten Lächeln.

„Hey, du weißt schon, dass das Shannons Fenster war, oder?“

Cade runzelte die Stirn.

„Wirklich? Ich hätte schwören können, dass es deines gewesen ist …“

„Es war nicht einmal mein Fenster, als ich siebzehn war“, sagte ich mit einem Grinsen. „Was willst du? Oder soll ich Shannon herholen und sie mit dir allein lassen?“

Cade ging die Verandastufen hinauf und nahm mich in seine Arme. Es fühlte sich so gut an, dass ich für einen kurzen Moment in seiner Umarmung blieb, aber dann ging ich zurück ins Haus und zerrte ihn am Schal hinter mir her.

„Brrr, es ist zu kalt, um ohne Mantel draußen zu sein.“

„Also ich habe einen Mantel“, sagte Cade. „Ich führe dich heute Abend aus.“

Ich blinzelte ihn an. Das war das erste Mal, dass er so etwas tat.

„Wirklich? Wohin gehen wir?“

„Nun, wusstest du, dass es jetzt ein französisches Restaurant in White Pines gibt? Weiße Tischdecken, Rotwein, gutes Essen. Ich habe eine Reservierung für heute Abend gemacht, aber du hast nicht viel Zeit, um dich anzuziehen.“

Ich starrte ihn an. In ein schönes französisches Restaurant gebracht zu werden schien der Traum eines jeden Mädchens zu sein, und ich fühlte mich ein wenig undankbar, weil ich nicht sofort begeistert war, aber ich hatte es überhaupt nicht eingeplant.

„Ich habe eigentlich an meinem Roman gearbeitet“, wehrte ich ab, und Cade zuckte mit den Achseln.

„Dafür hast du später genug Zeit, nicht wahr? Komm, du wirst es lieben."

Ich ärgerte mich über ihn, löste mich von ihm und machte keine Anstalten, in mein Zimmer zu gehen und mein Sweatshirt und meine Yogahose gegen etwas anderes einzutauschen.

„Ein Bitte wäre schön", betonte ich, und Cade sah erschrocken aus.

„Was ist los?", fragte er. „Ich dachte, du würdest französisches Essen lieben, nachdem du ein paar Wochen in White Pines verbracht hast."

Es lag etwas Abfälliges in der Art und Weise, wie er den Namen der Stadt aussprach, und es ärgerte mich etwas. Ich hatte vielleicht nicht so viel Zeit in großen Städten verbracht wie er, aber doch ausreichend, und mir gefiel es nicht wirklich, wie er darüber sprach.

„Eigentlich esse ich überall gern und französisches Essen ist in Ordnung, aber ich bevorzuge mein Essen in guter Gesellschaft."

Cade verzog sein Gesicht und verschränkte seine Arme vor seiner Brust. Es ließ ihn noch imposanter aussehen, aber ich hatte keine Lust, zu etwas gezwungen zu werden.

„Was zum Teufel soll das bedeuten?", knurrte er, und ich starrte ihn wieder an.

„Das bedeutet, dass ich gern gefragt werden möchte, wenn es darum geht zu entscheiden, was ich tue, und dass ich in der Tat etwas Besseres zu tun habe, als von einem Mann zum Abendessen gezerrt zu werden, der denkt, dass er immer das Sagen hat."

„Ich glaube nicht, dass ich immer das Sagen habe!", fauchte Cade. „Ich habe versucht, dir etwas Gutes zu tun!"

„Cade, du weißt, dass ich keine Überraschungen mag – vor allem, wenn sie in Pläne eingreifen, die ich bereits gemacht habe. Das nächste Mal fragst du besser, bevor du etwas Schönes für mich planst", sagte ich, und er warf seine Hände hoch und ging so schnell aus der Tür, wie er hereingekommen war.

Ich stand still und fühlte mich, als hätte ich gerade einen Hurrikan überstanden. Als sich ein tiefer, frustrierter Laut meiner Kehle entrang, warf ich meine Hände in die Luft und stolperte zurück in mein Zimmer.

Shannon erschien einen Augenblick später in meiner Tür, ganz in Schwarz gekleidet mit funkelnden Ohrringen, die von ihren Ohren baumelten. Richtig, Chorkonzert, erinnerte ich mich.

„Habe ich gerade dich und Cade gehört?", fragte sie mit großen Augen. „Ist alles in Ordnung?"

„Alles ist in schönster Ordnung", knurrte ich. „Wie sich herausstellt, kann man einem alten Hund keine neuen Tricks beibringen, besonders wenn der Lieblingstrick dieses alten Hundes darin besteht, immer seinen Willen zu bekommen."

Shannon hob eine Augenbraue.

„Soll ich fragen?"

„Nein, wahrscheinlich nicht. Es ist einfach dumm. Ich bin sicher, dass wir damit klarkommen werden."

Sie nickte, und zehn Minuten später hörte ich, wie ihr Auto startete, die Einfahrt hinunterfuhr und sie mich allein ließ. Natürlich hatte ich mich bis dahin damit abgefunden, noch ein wenig auf meinen Roman zu starren, ein paar Worte hier und da zu ändern und alles zu hassen.

Ich konnte mich nicht auf meine Schreiberei konzentrieren, weil meine Gedanken immer wieder zu Cade zurückkehrten und zu dem Streit, den wir gerade hatten. Ich hatte Shannon gesagt, dass wir das Problem lösen würden, aber was zum Teufel wollten wir denn lösen? Was hatten wir getan? Waren wir Freunde, die miteinander ins Bett gingen? Waren wir Freund und Freundin? Etwas mehr, etwas weniger?

Und noch wichtiger, wann würde er jemals lernen, dass ich es nicht mochte, wenn man mir vorschrieb, was ich zu tun und zu lassen hatte? Ich kannte viele Frauen, die die Vorstellung liebten, dass sich jemand um sie kümmerte, einen Kerl zu haben, der ihnen die Richtung wies, aber die meisten von ihnen hatten auch kein Problem, am Ende des Tages ihre eigenen Entscheidungen zu treffen.

In den letzten zehn Jahren hatte ich viel Zeit damit verbracht, Männer kennenzulernen, und auch viel Zeit als Single gehabt, und was ich gelernt hatte, war, dass ich auch gerne meinen eigenen Weg fand. Sicher, wenn ich in einer Beziehung war, konnte ich einen Teil der Kontrolle abgeben, Kompromisse eingehen, herausfinden, was beiden gefiel, aber ich wollte mich nie ganz aufgeben.

In einer düsteren Stimmung fragte ich mich, was passieren würde, wenn ich Cade sagte, dass ich diejenige sein wollte, die von jetzt ab alle Entscheidungen treffen würde. Ich wäre diejenige, die entscheidet, wo wir essen, was wir tun würden. Ich wusste, dass es ihm so wenig wie mir gefallen würde, aber vielleicht würde er verstehen, worum es mir ging.

Ich zuckte zusammen, als ich einen Schauer von Kieselsteinen gegen mein Fenster trommeln hörte. Als ich die Vorhänge öffnete, sah ich Cade auf dem Rasen stehen, eine große Papiertüte in einer Hand. Mit einem Stirnrunzeln öffnete ich das Fenster.

„Was machst du hier?“, fragte ich. „Hast du nicht eine Reservierung in einem französischen Restaurant, zu dem du musst?“

Cade grinste, weiße Zähne blitzten im Licht aus dem Haus.

„Fahr deine Krallen ein, Mara, ich komme in Frieden. Ich dachte, wenn du nicht ausgehen willst, könnte ich dir etwas Essen bringen. Waffenstillstand?“

Ich dachte einen Moment nach, und als mein Magen knurrte, beschloss ich, dass ein Waffenstillstand sich großartig anhörte.

„Okay. Komm durch die Hintertür, sie ist neben der Küche.“

Als ich die Küchentür für Cade öffnete, erschreckte er mich, indem er seinen Kopf senkte, und einen sanften Kuss auf meine Stirn drückte.

„Sorry“, sagte er. „Du bist kein Angestellter, und ich sollte dich nicht wie einen behandeln – und das will ich auch nicht.“

„Wirklich? Wenn du deine Mitarbeiter zum französischen Abendessen ausführst, habe ich vielleicht noch ein paar Fragen an dich.“

Er lachte und stellte das Essen auf den Tresen, aber sein Gesicht war ernst.

„Ich habe ein bisschen ein Problem, weil ich gerne das Sagen habe“, gab Cade zu. „Funktioniert einfach gut, wenn ich alle Leute um mich herum bezahle. Funktioniert weniger gut bei dir.“

„Ja, weil du mein Gehalt nicht zahlst, musst du um Erlaubnis bitten, oder zumindest um meine Meinung“, sagte ich abwesend. „Was hast du mitgebracht?“

„Glaub mir, wenn ich dir sage, dass die Leute im französischen Restaurant nicht so begeistert davon waren, mein Essen einzupacken“, sagte Cade. „Ich habe sie dazu gebracht, ein bisschen von allem einzupacken. Ich denke, das ist die Ente.“

Es war in der Tat die Ente, knusprig und fettig und lecker, und ich musste zugeben, dass es ein wenig schöner war als ein Burger bei Malarky's. Wir nahmen das Essen, einige Teller und etwas

Besteck ins Wohnzimmer, und als der Fernseher auf etwas Hirnlos eingeschaltet war, verschlangen wir das Essen. Es war nicht das glamouröseste Date, aber es hatte etwas Geselliges: Essen teilen, zeigen, was der andere versuchen sollte, über die Orte reden, an denen wir gewesen waren.

„Oh mein Gott, das war so gut", sagte ich mit einem Seufzer und lehnte mich zurück. „Nächstes Mal solltest du mich bezahlen lassen, spätestens morgen meine ich, weil dieses Lamm erstaunlich war."

„Erstens, zahlst du nichts, und zweitens bringe ich dir Essen, wann immer du willst. Ich wusste nicht, dass du an deinem Roman arbeitest, und es tut mir leid, dass ich versucht habe, dich davon abzubringen."

Ich warf ihm einen amüsierten Blick zu.

„Lass mich manchmal bezahlen", sagte ich. „Du bist eigentlich nicht mein Arbeitgeber, erinnerst du dich?"

Er sah aus, als ob er diskutieren wollte, aber dann zuckte er mit den Achseln.

„Du weißt schon, dass ich nicht versuche, alles zu bestimmen, weil ich der Meinung bin, dass du es nicht kannst, oder? Ich kaufe kein Abendessen, weil ich denke, dass du dazu nicht fähig bist."

Ich neigte meinen Kopf, um ihn anzuschauen. Es lag etwas Nachdenkliches auf seinem Gesicht, und das war neu. Der Cade von vor zehn Jahren war eine Menge Dinge gewesen, aber definitiv nicht nachdenklich.

„Warum machst du dann so etwas? Ich dachte, es wäre aus irgendeinem blödsinnigen Macho-Grund, aber ich wäre neugierig zu hören, was es wirklich ist."

„Ich möchte sicherstellen, dass du weißt, dass ich all diese Dinge jetzt für dich tun kann", sagte er. „Dass ich viel Geld habe oder dass ich hart genug bin, um Dinge zu handhaben oder intelligent genug. Irgend so etwas."

Meine Gedanken wanderten zurück zu Cade und mir vor zehn Jahren, nur ein paar Dutzend Meter von dem Ort entfernt, wo wir gerade saßen. Er hatte auf seinem Motorrad so arrogant ausgesehen und verlangt, dass ich mein ganzes Leben stehen und liegen lasse und mit ihm auf Reisen komme. Vielleicht verstand ich jetzt, dass es überhaupt keine Arroganz gewesen war.

„Cade, ich habe vieles über dich gelesen. Niemand wird in Frage stellen, wie viel Bargeld du hast oder wie hart du jetzt bist."

„Das weiß ich", sagte er mit einem leicht schiefen Lächeln. „Es gab eine Zeit, in der ich jünger war, als ich es der Welt beweisen wollte. Jetzt ..."

„Ja?"

„Jetzt muss ich es nur noch dir beweisen."

Die Worte waren ruhig, fest und eingehüllt von absoluter Wahrheit, und ich konnte dem Drang nicht widerstehen, mich zu ihm zu lehnen und ihn zu küssen. Es gab tausend Dinge, die ich ihm in diesem Moment sagen wollte. Ich wollte ihm sagen, dass er sich nicht schämen muss und dass er mir überhaupt nichts zu beweisen hat.

„Du nicht", sagte ich leise. „Du wirklich nicht."

„Weil du mich nach zehn Jahren, in denen wir getrennt waren, so gut kennst?"

Ich dachte einen Moment darüber nach und schüttelte dann den Kopf.

„Wer du bist, strahlt durch“, sagte ich leise. „Es ... leuchtet. Du bist etwas Besonderes, Cade, aber ich habe es schon immer gewusst. Ich weiß, wer du bist. Manchmal fühlt es sich an, als ob ich es schon immer gewusst habe.“

Cade zog mich an sich, ein wenig rau, und ich merkte, dass seine Hände ein wenig zitterten.

„Cade?“

„Du warst es immer“, sagte er, seine Stimme war leicht heiser. „Ist das seltsam? Egal wohin ich ging, wen ich traf, was ich tat oder wie viel Geld ich verdiente. In meinen Gedanken warst du diejenige, die ich verstehen wollte. Du warst diejenige, die ich zu beeindrucken versuchte.“

Die Ehrlichkeit in seiner Stimme, rau wie altes Leder, nahm mir den Atem. Als er nach oben griff, um meine Wange zu streicheln, lehnte ich mich in seine Berührung. Ich fühlte etwas Weiches und Bebendes in mir, als ob wir zusammen schon zu weit gegangen wären, um uns jemals wieder zu trennen. Mein Herz flüsterte, dass es Liebe war. Mein Gehirn versuchte, uns beide zurückzuhalten.

„Du musst mich nicht beeindrucken, Cade“, sagte ich und drückte ihm einen weichen Kuss auf die Handfläche. „Du musst mich nur ... berühren. Bei mir sein.“

Als Antwort zog er mich fester an sich und küsste mich, und trotz des feinen Zitterns, das seinen Körper erbeben ließ, konnte ich spüren, wie sanft er war, wie er mit mir umging, als wäre ich etwas unendlich Kostbares und Gebrechliches. Unter anderen Umständen, mit anderen Männern hätte mich das frustriert. Ich konnte mit ein wenig Rauheit umgehen, und manchmal sehnte ich mich danach, aber genau hier, in der Stille dieses Hauses, wollte ich kostbar für ihn sein.

„Bist du fertig?“, fragte er leise, und ich nickte.

Daraufhin zog er mich von der Couch und brachte mich zurück in den Raum, in dem ich lebte. Es war nur ein einfaches Doppelbett anstelle des luxuriösen Bettes, das wir im Haus in der Driscoll geteilt hatten, aber wir kuschelten uns aneinander. Wir brauchten jetzt keinen Platz zwischen uns.

Es fühlte sich an, als ob wir eine Ewigkeit damit verbrachten, uns zu küssen. Etwas daran erinnerte mich an die Highschool, als wir beide voller wilder Sehnsucht nacheinander waren, voll atemlosen Verlangens nach den Dingen, die wir noch nicht einmal benennen konnten. Wir waren keine Highschool-Kinder mehr, wir waren Erwachsene, und wir hatten mehr von der Welt gesehen, hatten uns die Hände verbrannt und hatten uns vielleicht dabei auch selbst etwas weh getan.

Es fühlte sich an, als ob wir ein Jahrzehnt der verpassten Küsse wettmachen würden. Cades Hände wanderten über meinen Körper, erkundeten und eroberten. Ich war so begierig auf ihn, dass es sich wie eine Ewigkeit anfühlte, bevor er sich unter meine Kleider arbeitete, und als er meine warme Haut fand, quietschte ich ein wenig vor Kälte.

„Sorry“, sagte er mit einem knappen Lachen.

„Hier, gib mir deine Hand ...“

Als er mir eine Hand reichte, küsste ich seine Knöchel und dann seine Handfläche und strich mit meinen Lippen über die empfindliche Haut dort und zwischen seinen Fingern. Er gab einen kleinen Laut der Überraschung von sich, und ich schnurrte ein wenig. Ich fühlte, wie er sich ein wenig zu mir drehte, und fühlte, wie sein Schwanz durch seine Jeans härter wurde, als ob sein ganzer Körper jetzt auf mich eingestimmt war.

„Mara ...“

Ich steckte mir die ersten beiden Finger in den Mund und er zischte überrascht. Ich beobachtete ihn durch meine Wimpern, während ich an seinen Fingern saugte und mit meiner Zunge an den empfindlichen Spitzen leckte, bevor ich sie tiefer in den Mund sog. Er konnte seine Augen nicht von mir abwenden, als ich seine Finger bearbeitete, wobei seine Augen heißhungrig leuchteten.

„Gott, hast du eine Ahnung, was du da machst?“, fragte er, und dann zog er seine Finger weg.

„Das Gleiche, was du mit mir machst“, sagte ich lächelnd. Als Cade sich zu mir beugte, um mich wieder zu küssen, wusste ich, dass er immer ein Teil von mir gewesen war, immer bei mir gewesen war. Er war die ganze Zeit dort eingesperrt, und jetzt, da er hier war, wollte ich ihn nie wieder gehen lassen.

Still zogen wir uns aus und kamen im Bett wieder zusammen. Die Leidenschaft stieg wieder zwischen uns auf, und würde uns schon bald verzehren.

Als wir uns küssten und mit jedem Moment verzweifelter wurden, schloss ich die Augen und richtete ein stilles Gebet an jeden, der zuhörte.

Bitte. Bitte, ich will ihn. Ich will ihn, und ich liebe ihn ...

8

Cade

Ich hatte immer gedacht, dass diese Zeit des Jahres in der Geschäftswelt schnell vorbeiging, aber die Geschwindigkeit, mit der Weihnachten auf mich und Mara zukam, war völlig überwältigend. Es schien, als ob Tage innerhalb von ein paar Stunden vergingen, und ich fragte mich, ob das Glück war.

Ich glaube, ich war immer davon ausgegangen, dass ich glücklich war. Ich war glücklich für mich allein gewesen, und ich war glücklich, für meinen Onkel zu arbeiten und dann mein Vermögen aufzubauen. Gutes Aussehen und Bargeld: Sobald man das besaß, hatte man es geschafft, wenn man den meisten Leuten Glauben schenken darf.

Ich wusste nicht, wie verheerend einsam ich gewesen war, bis ich in der Nacht des desaströsen französischen Abendessens zu Mara hinüberschaute. Wir waren in dieses winzige Bett gestopft, nachdem wir uns gegenseitig ausgezogen hatten, so nah wie möglich aneinander gekuschelt. Ihre Wange war an meine Brust gedrückt, und sie hatte einen Arm über meine Taille geworfen, als ob sie mich besitze. Sie murmelte ein wenig in ihrem Schlaf, ihre Stirn gerunzelt, aber sie wurde ruhig, als ich anfing, ihr Haar zu streicheln. Sie machte ein zufriedenes Geräusch und kuschelte sich näher an mich.

In diesem Moment erkannte ich ein paar Dinge. Das Erste war, dass ich vor diesem Moment nie ganz glücklich gewesen war. In meinem ganzen Leben nicht. Sie fühlte sich an wie Weihnachten, wie einige kostbare Schätze, die ich zu beschützen hatte.

Das Zweite, was ich erkannte, war, dass ich sie liebte.

Es war wie ein Blitzschlag. Die Welt fühlte sich anders an, nachdem ich es erkannt hatte, und danach konnte ich nicht einschlafen. Ich liebte sie, und nichts würde jemals wieder so sein wie früher. Das war das einzig Wahre. Das war nichts, was ich an Leute verkaufte, die zu beschäftigt waren, um mehr zu tun, als zu arbeiten, und das war die Sache, nach der Menschen ihr ganzes Leben lang suchen konnten und sie doch nie fanden.

Irgendwann bin ich doch eingeschlafen, aber ich wachte kurz vor der Morgendämmerung wieder auf. Es lag eine Kälte in der Luft, und in der Nacht hatten wir uns beide unter der Decke vergraben. Mit einem stillen Seufzer löste ich mich von Mara und der Decke und zog sie so gut wie möglich wieder um sie herum, bevor ich nach meinen Kleidern griff.

„Mmm, warum kommst du nicht wieder ins Bett?“, fragte Mara schläfrig. „Es ist viel zu früh.“

Ich gluckste ein wenig und wich der nach mir greifenden Hand aus, die sich unter der Decke hervorschlängelte, um mich zurückzuziehen.

„Leider kann ich wirklich nicht den ganzen Tag bei dir im Bett bleiben, so gern wie ich es auch täte“, sagte ich. „Ich muss arbeiten, und wenn ich bei dir bleibe, werde ich einfach nur abgelenkt sein."

„Dann lass dich ablenken. Ich dachte, einer der Vorteile von Geld ist es, dass man tun und lassen kann, was man will, und sich seine Zeit frei einteilen kann."

„Das sollte man meinen, nicht wahr? Später. Später werden wir alle Zeit auf der Welt haben."

Ich gab fast nach und wollte ihr erzählen, woran ich in dem Moment dachte, aber irgendwie bremste ich mich. Sie tat nicht viel mehr, als an meinem Ärmel zu zerren, als ich sie küsste, und bevor ich die Tür hinter mir geschlossen hatte, atmete sie schon wieder ruhig und gleichmäßig.

Ich schlich mich durch das Haus zur Haustür, aber ich hätte mich gar nicht bemühen brauchen. Shannon Becker saß im Wohnzimmer mit einer Tasse Kaffee in den Händen, und sie hob ihre Augenbrauen, als sie mich im Flur entdeckte.

„Es gibt Kaffee, wenn du einen willst", bot sie an. „Leider weiß ich nicht, wie die Etikette ist, wenn man morgens als erstes auf das Date seiner Schwester stößt."

„Nun, wenn man davon ausgeht, dass du mich nicht mit einer Schrotflinte abgefangen hast, würde ich sagen, dass es uns allen gutgeht", sagte ich. „Und ja, Kaffee ist auch gut."

Der Kaffee war überraschend gut, und Shannon wanderte in die Küche, um mir zuzuschauen, wie ich mir einen Becher einschenkte.

„Ich neige dazu zu denken, dass Mara ihre Männer im Griff hat", sagte sie, „aber dann gibt es dich."

Ich wandte mich ihr mit einem seltsamen Gesichtsausdruck zu. Shannon und Mara sahen sich nicht sehr ähnlich. Wo Mara Sanduhrkurven, dunkle Haare und turbulente grüne Augen hatte, war Shannon schlichter, leiser.

„Wenn du denkst, dass Mara mit mir nicht umgehen kann, bin ich mir ziemlich sicher, dass du falsch liegst.“

Shannons Lächeln war dünn.

„Ich glaube, sie denkt es“, sagte sie. „Du hast sie vor zehn Jahren ganz schön sitzen lassen.“

Shannons Worte waren messerscharf, und ich runzelte die Stirn, nippte an dem Kaffee und versuchte mir nicht die Kehle zu verbrennen.

„Drohst du mir?“, fragte ich, weil Shannon in ihrem karierten Bademantel mit ihren unordentlichen Haaren nicht sehr bedrohlich aussah.

„Ich würde, wenn ich der Meinung wäre, ich könnte irgendetwas gruseligeres bringen als Mara“, gab Shannon zu. „Wirklich, Schrotflinten sind mehr ihr Metier als meines.“

„Ah. Also, was ist dann deines?“

„Nun, die Wahrheit zu sagen, nehme ich an. Mara tut ziemlich unbeeindruckt, aber die Wahrheit ist, dass du sie verletzt hast. Sie hat nie jemandem von dir und dem, was passiert ist, erzählt, wusstest du das? Sie hat es uns allen vorenthalten, und sie hat uns eigentlich immer alles erzählt. Ich denke, du hast ihr zu sehr weh getan.“

Ich starrte Shannon an und fragte mich, ob sie übertrieb, aber sie sah absolut ernst aus.

„Das wusste ich nicht“, sagte ich, und sie schaute mir genau ins Gesicht. Mara war lebhaft, aber Shannon hatte ein Geschenk für Stille. Schließlich nickte sie.

„In Ordnung. Ich denke, du wirst das Richtige tun und meine Schwester richtig behandeln. Zumindest hoffe ich, dass du es tun wirst.“

Shannons Worte gingen mir für den Rest des Tages nicht mehr aus dem Kopf. Der Gedanke, dass ich Mara verletzen könnte, nicht nur verärgern, nicht nur irritieren oder frustrieren, ließ mich ungläubig zurück. Weil das bedeutete, dass ihr etwas an mir lag – eine Menge. Jetzt kam ich mir noch mehr wie ein Idiot vor, weil ich wegen ihres Frühlingstanzes so einen Aufstand gemacht hatte.

Mara und ich telefonierten und schrieben uns in den Tagen vor Heiligabend ständig, aber ich konnte sie nicht wiedersehen. Ich sagte ihr, dass ich beschäftigt bin, und das war die Untertreibung des Jahrzehnts. Ich hatte nie wirklich darüber nachgedacht, wie viel Arbeit es machte, ein Imperium auf Eis zu legen, aber es erforderte meine ganze Aufmerksamkeit.

Der Schlüssel, um das Geld zu verdienen, das ich bei meiner Karriere verdiente, war die ständige Veränderung und die richtigen Leute in Schlüsselpositionen der Macht zu bringen. Als ich anrief, antworteten sie, und in einer Reihe von Treffen, an denen verschiedene besorgte und überraschte Menschen teilnahmen, ließ ich sie wissen, dass ich mich von allem etwas zurückziehen würde. Sie würden für die täglichen Arbeiten zuständig sein, und wenn kein wirklicher Notfall eintrat, würde dies für unbestimmte Zeit so bleiben.

Als mich ein Mann, den ich für alle Vorgänge in Florida verantwortlich gemacht hatte, privat fragte, ob alles in Ordnung sei, war mir seine Besorgnis tatsächlich fremd. In meinem Kopf lebte ich bereits an einem anderen Ort, in einer anderen Welt, mit Mara. Es wäre perfekt, und es bestand die Chance, dass ich nie wieder zu dem zurückkehrte, was ich vorher getan hatte. Wenn dies der Fall wäre, könnten einige dieser Vereinbarungen dauerhaft bestehen bleiben.

Ich schüttelte den Kopf und sagte ihm, es gäbe nichts zu befürchten. Ich hatte mich einfach verändert, und es war an der Zeit, etwas anderes zu tun.

Nachdem die Treffen geschafft waren, hatte ich endlich Zeit, das zu tun, was ich die ganze Zeit im Hinterkopf gehabt hatte. Einige der Arrangements gingen sehr schnell, aber andere dauerten etwas länger. Es bedurfte aller Ressourcen, die mir zur Verfügung standen, um alles für Heiligabend vorzubereiten, aber ich schaffte es.

Ich tauchte kurz nach Einbruch der Dunkelheit bei Maras Haus auf.

Dieses Mal wusste sie, dass ich kommen würde und dass ich sie ausführen wollte. Sie traf mich an der Tür in einem schimmernden lilagrauen Kleid, das ihre Augen noch grüner wirken ließ, und das Lächeln, das sie mir schenkte, ließ mein Herz höher schlagen.

„Alles in Ordnung?“, fragte ich neckisch. „Du kannst dich für eine Weile von deinem Roman losreißen?“

„Alles gut“, sagte sie mit einem Grinsen. „Gott, aber es ist gut, dich zu sehen. Ich vermisse dich seit Tagen.“

Sie umarmte mich fest, und die Küsse, die wir tauschten, standen kurz davor, leidenschaftlich zu werden. Doch so gern ich sie wieder nach oben bringen wollte, hatte ich Pläne für den Abend, also löste ich mich von ihr.

„Ich habe dich mehr vermisst, als ich sagen kann“, sagte ich warm. „Ich werde versuchen, es in Worte zu fassen, wenn du willst. Geh und hol deinen Mantel. Ich habe Reservierungen für uns im französischen Restaurant gemacht.“

Wir sprachen auf der Fahrt über alles Mögliche, und es fiel mir ein, dass sie keine Ahnung hatte, was kommen würde. Es war nichts Gekünsteltes an ihr, nichts, was sie von mir erwartete, außer ich selbst zu sein.

Das war gut so. Das war perfekt.

Wir schwelgten in dem köstlichen französischen Essen, und als ich sie fragte, ob sie für das Dessert bereit sei, grinste sie mich an.

„Du weißt, dass ich das immer bin“, sagte sie lächelnd. Ich winkte dem Kellner zu, der nickte und etwas brachte, was wie ein Globus aus dunkler Schokolade aussah, der mit weißen Wirbeln verziert war. Sie sah es misstrauisch an, nicht ganz sicher, was sie damit machen sollte, und ich nickte ihr zu.

„Zerbrich es“, sagte ich. „Im Inneren befindet sich eine Überraschung.“

„Es ist also wie ein riesiges Kinderüberraschungsei“, sagte sie mit einem Grinsen.

Sie knackte die Schokoladenkugel mit einem Löffel, und mit einem überraschten Blick zog sie zwei Tickets heraus.

„Cade, was ist das?“

„Erste Klasse Tickets nach Peking“, sagte ich mit einem Grinsen. „Ich habe dort ein Haus, und wir können fliegen, wann immer du willst. Himmel, wir könnten übermorgen in Peking sein, wenn du willst.“

Sie starrte mich an.

„Und was werden wir in Peking tun?“

„Was auch immer du willst“, sagte ich fröhlich. „Du kannst an deinem Roman arbeiten, wir könne uns die Sehenswürdigkeiten anschauen, ins Land hinausfahren, um es uns anzusehen. Mara, die letzten Wochen waren erstaunlich. Ich möchte bei dir sein, und ich will –“

„Du willst“, sagte Mara verbittert, und zu meinem Schock stand sie auf und legte ihre Serviette zur Seite. „Ich höre das schon wieder, Cade.“

Sie stolperte aus dem Restaurant und ließ mich so schockiert zurück, dass ich sie für einen Moment einfach gehen ließ. Dann eilte ich ihr nach und warf ein paar Hunderter auf den Tisch, um das Essen zu bezahlen. Ich holte sie auf dem eiskalten Parkplatz ein, und bevor sie noch einen Schritt weiter gehen konnte, packte ich ihren Arm.

„Was zum Teufel, Mara? Du kannst nicht einfach so davonstürmen, ohne irgendeine Erklärung.“

Sie wirbelte herum und riss ihren Arm aus meinem Griff. Ihre Augen funkelten in den Lichtern des Parkplatzes, ein Grün so heiß, dass sie fast in Flammen standen.

„Erklärung? Gut, ich gebe dir eine Erklärung, Cade, aber ich weiß nicht, ob es irgendwas bringt, weil du nie zuzuhören scheinst.“

„Was willst du –“

„Das war genauso, als wir siebzehn waren“, rief Mara. „Du denkst, du kannst voranpreschen und alle möglichen Entscheidungen treffen und dass ich gerne mit dir mitkommen werde. Du denkst, dass ich alles in meinem Leben stehen und liegen lassen werde, nur um dir in jedes Abenteuer zu folgen, das du suchst.“

„Das wäre nicht nur mein Abenteuer“, protestierte ich. „Das wäre unseres –“

„Nein, es gehört dir“, fauchte sie. „Du hast dich für Peking entschieden, du hast Tickets gekauft ...“

„Christus, ich kann Tickets für etwas anderes kaufen ...“

„Mach dir keine Mühe, ich gehe nicht! Wenn du so leben willst, ist das in Ordnung, aber du musst jemand anderen finden, mit dem du das machen kannst – denn es ist nichts für mich.“

Etwas Dunkles in mir hob seinen hässlichen Kopf, und ich blitzte sie an. Ich war mir nicht sicher, wie das alles so schief laufen konnte, aber das war es, und das stach schlimmer, als ich dachte.

„Fühlt es sich gut an, diejenige zu sein, die zu allem nein sagt, Mara? Ist das die Macht, die du immer haben wolltest?“

Sie starrte mich an, aber ich redete weiter, ohne auf den schockierten Ausdruck auf ihrem Gesicht zu achten.

„Macht es dich an, Dinge abzulehnen? Liegt es daran, dass ich nicht gut genug für dich bin? Liegt es daran, dass du Angst hast, Risiken einzugehen? Du hast immer Verantwortungen und Pläne, denen du folgen musst, aber ich bemerkte, dass du die Einzige bist, die sie aufstellt.“

„Was willst du –“

„Du bist immer so starr. Du machst immer das, was andere Leute für richtig halten. Manchmal scheint dich das davon abzuhalten, etwas Wagemutiges zu tun und überhaupt Risiken einzugehen. Manchmal ist das Richtige überhaupt nicht das Richtige!“

Mara schloss ihren Mund, und zu meinem Schock konnte ich sehen, dass Tränen in ihren Augen standen.

„Lass mich in Ruhe“, sagte sie. „Wenn du mich jetzt nicht gehen lässt, rufe ich die Polizei und lasse dich festnehmen.“

Ihre Drohung schockierte mich weniger als ihre Tränen, aber ich blieb da stehen, wo ich stand. Ich sah zu, wie sie bis zum Ende des Blocks stolperte, und wie sie mit ihrem Handy ein Taxi rief, einstieg und mich hier stehen ließ.

9

Mara

Der Weihnachtstag dämmerte hell und kristallklar. Es lag eine dünne Decke aus weißem Schnee auf dem Boden, was White Pines einen funkelnden Glamour gab, der jeden Tag hätte erhellen sollen, aber ich war weit entfernt von einem Zustand, in dem ich aufgemuntert werden konnte. Ich war in der Nacht zuvor in das Haus gestolpert und geradewegs an einer fassungslosen Shannon vorbeigelaufen, um mich in meinem Zimmer einzuschließen.

Ich hatte so heftig geweint, dass meine Augen immer noch brannten. Irgendwann mitten in der Nacht holte Shannon, bewaffnet mit Suppe und ein paar frisch gebackenen Keksen, die ganze Geschichte aus mir heraus. Sie sah traurig aus, aber nicht überrascht, und irgendwie machte es das noch schlimmer.

„Ich dachte, er hätte es endlich verstanden", sagte ich und trank etwas Wasser, um wenigstens ein wenig zu rehydrieren. „Ich dachte ... Ich weiß es nicht."

„Du dachtest, er sieht dich und nicht nur das, was er sehen will", sagte Shannon und drückte mir sanft die Hand, und ich lächelte sie ein wenig an.

„Gott, du bist schlau", sagte ich. „Du hättest der Schriftsteller von uns sein sollen."

„Das überlasse ich dir", sagte sie und kräuselte ihre Nase auf überraschend entzückende Weise. „Ich bin einfach nur glücklich, Kekse zu backen und moralische Unterstützung zu geben."

Shannon war schon immer sensibel gewesen für das, was Chloe und ich fühlten. Sie ließ mich den Rest des Abends allein, und am nächsten Morgen sorgte sie dafür, dass ich ein Frühstück mit Toast, Speck und Eiern hatte, das auf mich wartete, sobald ich aufgestanden war.

„Das ist gut, danke", sagte ich tonlos.

„Ich habe auch ein paar Geschenke für dich, aber du kannst sie heute Abend öffnen", sagte sie lächelnd, und ich lächelte ein wenig zurück.

Ich wollte sagen, dass sie ein paar Geschenkgutscheine bekommen würde, aber dann klopfte es an die Tür. Ich versteifte mich und Shannon ging öffnen.

„Er ist es", rief sie mir zu. „Soll ich ihn einfach wegschicken?"

Das brachte mich zum Lachen. Das war in der Regel mein Job, und ich schüttelte den Kopf.

„Du bist eine gute Schwester", sagte ich. „Ich schaffe das allein."

„In Ordnung", sagte sie und ging nach oben. „Aber wenn du etwas brauchst, schrei einfach."

Es könnte einige Schreie geben, unabhängig davon, ob ich etwas brauchte, dachte ich. In dem Wunsch, etwas Würdevolleres als einen heruntergekommenen Schlafanzug und einen Bademantel zu tragen, öffnete ich die Tür.

Cade hatte denselben blauen Anzug an, den er in der Nacht zuvor getragen hatte, und es lag etwas Hohles in seinen Augen. Er trat in das Haus, ohne auf eine Einladung zu warten und schaute mich für einen langen Moment an.

„Was willst du?“, fragte ich und fügte hinzu: „Eigentlich hätte ich gedacht, dass du jetzt in Peking sein würdest ...“

„Ich habe mich geirrt“, sagte er unverblümt. „Vollkommen. Ich hätte nicht versuchen sollen, dich wieder von hier wegzulocken, und ich hätte nicht einfach davon ausgehen sollen, dass du mit mir kommst.“

„Warum hast du gedacht, dass ich es tun würde?“, fragte ich und fühlte wie sich mein Herz zusammenzog. Ich empfand mehr für ihn, als ich jemals für irgendjemanden empfunden hatte, aber das war kein Kampf, den ich immer und immer wieder führen wollte.

„Weil ich es für dich getan hätte“, sagte er und die Worte strömten aus ihm heraus. „Weil ich dich liebe, und ich dachte ... Ich dachte überhaupt nicht. Ich will dich, und ich liebe dich, und ich brauche dich bei mir, Mara.“

Ich starrte ihn an, vor Schock erstarrt, meine Hände flogen zu meinem Mund.

„Ich liebe dich auch“, sagte ich erstickt. Aber wann war Liebe schon genug? „Aber Cade, ich verstehe, dass du Abenteuer brauchst, und ich möchte dich nicht davon abhalten, deine Träume zu leben. Ich möchte nicht, dass du nicht nach Peking gehst, wenn du das willst. Aber es gibt so viel, was ich tun muss, so viel, und wenn du es nicht kannst –“

„Wähle einen Ort.“

„Was?"

„Wähle einen Ort, irgendwo auf der Welt. Es ist mir egal, ob es Bangkok oder Paris oder Ulaanbaatar ist. Es ist mir egal, ob du eine Woche, einen Monat, ein Jahr oder nur eine Stunde bleiben willst. Mir ist es egal, ich muss nicht nach Peking gehen – es ist mir egal. Es ging nie darum, nach Peking zu gehen, es ging darum, irgendwo zusammen hinzugehen, damit wir ein gemeinsames Abenteuer haben könnten. Damit wir ein gemeinsames *Leben* beginnen können. Ich verstehe, warum du denkst, dass es genauso wie vor zehn Jahren ist, aber ich verspreche dir, dass ich es verstanden habe. Nenne also einen Ort. Ich werde uns dorthin bringen, und ich werde bei dir bleiben. Einfach ... bitte, Mara. Glaub mir."

Ich starrte ihn an, und alles klickte an Ort und Stelle. Ich konnte jetzt sehen, dass meine Wunden aus der Vergangenheit meine Wut in der Nacht zuvor angespornt hatte – es hatte sich einfach so vertraut angefühlt. Aber jetzt war alles anders – Cade war jetzt anders. Ich wusste, dass dies nicht unser letzter Streit sein würde und dass wir vielleicht noch ein paar Narben aus unserer Vergangenheit hatten, um die wir uns kümmern mussten, aber ich konnte ihm nicht mehr böse sein. Ich warf mich in seine Arme, und alles, was ich sagen konnte, war, dass ich ihn liebte. Wir konnten alles gemeinsam durchstehen.

„Wohin, Prinzessin?", fragte er, und seine Stimme klang so rau wie Sandpapier. „Überall auf der Welt, deine Entscheidung. Es liegt an dir, für immer ..."

„Wir können uns gemeinsam einen Ort aussuchen. Das ist alles, was mir wichtig ist, dass du und ich zusammen sind. Überall auf der Welt, solange ich bei dir bin", flüsterte ich, und ich wusste, dass das das Wichtigste war.

ZWEI JAHRE SPÄTER

Cade

„Wirst du endlich aufhören, deine Reviews zu lesen? Wir landen in nur etwa zwanzig Minuten.“

Mara schaute lange genug von ihrem Telefon auf, um sich zu mir zu beugen und mir einen Kuss zu geben.

„Zwei weitere gute, und eines, das ein bisschen meh ist, aber die meh-Rezension kommt von einem Kerl, der tatsächlich denkt, die Erde sei flach. Aber in Ordnung, dir zuliebe werde ich aufhören.“

„Meine Frau, die berühmte Schriftstellerin“, sagte ich mit einem Grinsen. „Wirst du in diesem Jahr jedem eine Kopie deines Romans zu Weihnachten schenken?“

„Es wäre einfach genug, aber nein“, sagte sie und kuschelte sich an mich. „Es sind wieder nur Geschenkgutscheine. Das ist vielleicht langweilig, aber nichts drückt mehr Liebe aus, wie Bequemlichkeit und Bargeld.“

Der Privatjet, der uns von New York nach Wisconsin brachte, war bequem, aber die Wahrheit war, dass ich es kaum erwarten konnte, wieder am Boden zu sein. Nach Paris, Mailand und Moskau fühlte es sich seltsam an, in eine kleine Stadt wie White Pines zurückzukommen und trotzdem war ich aufgeregt.

„Es war eine tolle Zeit“, sagte ich leise und streichelte Maras Haare.

„Was, dir den ganzen Weg von New York bis hierher meine Reviews anzuhören?“

Ich dachte an die letzten zwei Jahre, das Geben und Nehmen, das zwischen uns beiden gewachsen war, als wir erkannten, dass wir uns einfach aufeinander verlassen konnten, anstatt dass nur einer von uns das Sagen hatte. Sie hatte mich mehr über die Liebe gelehrt als jeder andere auf der Welt, und das war der Lohn – Mara rollte sich neben mir zusammen und blickte mich mit wehmütiger Anbetung und ihrer charakteristischen Blässe an.

„Alles“, sagte ich mit einem Grinsen, und ich zog sie an mich für einen langen Kuss, der erst endete, als der Flugbegleiter uns sagte, es sei an der Zeit, unsere Sicherheitsgurte anzulegen.

Ende.

Erstellt mit Vellum

CPSIA information can be obtained
at www.ICGtesting.com
Printed in the USA
BVHW080619020522
635871BV00028BB/937

9 781639 701896

CPSIA information can be obtained
at www.ICGtesting.com
Printed in the USA
BVHW080619020522
635871BV00028BB/937

9 781639 701896